KB052676

2

알기 쉬운 한국고전문학선

금오신화

편 집 부 편

● 금오신화(金鰲新話)
● 장국진전(張國振傳)
● 전우치전(田禹治傳)

太乙出版社

♣차 례♣

금오신화
金 鰲 新 話

—— 김시습(金時習)

◇ **작품 해설** ◇

조선의 생육신의 한 사람. 자는 열경(悅卿). 호는 매월당(梅月堂) 동봉(東峰). 본관은 강릉.

5세때「중용(中庸)」,「대학」에 통달하여 신동(神童)이라는 이름을 들었다.

집현전 학사 최치운(崔致雲)이 그의 재주를 보고 경탄하여 이름을 시습(時習)이라 지어 주었다.

1455년 21세 때 수양대군(首陽大君 ; 世祖)이 단종을 쫓아내고 왕위에 올랐다는 소식을 듣고 나서 서적을 불사르고 승려가 되어 설잠(雪岑)이라 호함. 금오신화(金鰲新話)는 원전은 한문소설로서 모두 5 편(五篇)으로 되어 있다.

1. 만복사저포기(萬福寺樗蒲記)

　전라도 남원(南原)에 양생(養生)이란 사람이 있었다. 일찍이 어버이를 여의였는데 아직 아내를 얻지 못하여, 홀로 만복사(萬福寺 : 남원에 있는 고려 문종때 사찰)라는 절간 구석 동편에 방 한 칸을 얻어 외로이 살아가고 있었다. 그가 살고 있는 절간 방 앞에는 배나무 한 그루가 서 있었는데, 바야흐로 봄을 맞아 활짝 피어서 온 뜰 안이 은하계를 이룬 듯 아름다웠다. 그는 답답하고 외로울 때면 달밤의 배나무 밑을 거닐며 시 읊기를 즐겼다. 그가 읊은 시에 하였으되,

　　한 그루 배 꽃 나무
　　외로움을 벗삼으니
　　시름도 한많은
　　달 밝은 이 밤에
　　외로운 창가에
　　홀로이 누웠으니
　　어느 곳 고운 님이
　　퉁소를 불어 오나
　　비취는 외로운 것
　　짝 잃고 날아가고
　　원앙새 한 마리가
　　많은 물에 노니는데
　　그 뉘집 아가씨께
　　이 마음을 붙여 두고

시름없이 깊은 생각
바둑이나 둘꺼나
등불 가물가믈
이내 신세 점치는 듯

양생이 시를 읊고 나니 문득 공중으로부터 소리가 있어 가로되,
"그대가 참말로 고운 배필을 만나자 하는데 그 무엇이 어려울 것
있으랴!"
이 소리를 듣고 양생은 크게 기뻐함을 마지 아니 하였다. 그 이튿
날은 곧 삼월 이십사일이었다. 그 고을 풍속에는 해마다 이날을 맞아
많은 젊은 남녀들이 반드시 만복사를 찾아와 향불을 피우고 저마다
소원을 비는 풍습이 있었다.
이날 양생은 저녁 예불이 끝나기를 애타게 기다리다가 법당으로
들어가 자기 소매 속 깊숙히 간직해 가지고 갔던 저포(樗蒲:오랑캐
의 점치는 윷)를 내어 부처님 앞에 내어 던지기에 앞서 스스로 원하
는 바를 사뢰었다.
"오늘 제가 부처님을 모시옵고 저포 놀이를 할때 만약 소생이 지오
연(法筵:설법하는 좌석)을 베풀어 부처님께 보답해야 할 것이오
며, 그렇지 아니하여 만일 부처님께서 지시면은 반드시 아름다운
여인을 소생의 배필로 점지하여 주시옵기를 간절히 바라옵니다."
그렇게 축원을 외운 다음 조심스럽게 저포를 던지었더니 양생이
승리를 얻게 되었는지라, 부처님 앞에 꿇어 엎드려 사뢰어 가로되,
"저의 아름다운 인연은 이미 정하여졌사오니 원컨데 자비하신
부처님께서는 소생을 저버리지 마시기 바라옵니다."

하고, 양생은 불탁(佛卓) 밑에 숨어서 동정을 살피었다. 얼마 안되어 꽃같이 아름다운 화용월태(花容月態)의 아가씨가 들어왔는데 나이는 열 대여섯 정도인것 같았고 검은 머리와 깨끗한 의복은 곱게 채운을 타고 내려온 월궁의 선녀와 같으니,그 아름답고 고운 모습은 이루 형용하기 어려웠다. 흰 손으로 등잔에 기름을 따라 등불을 켜고 향로에 꽂은 뒤에 세 번 절하고 꿇어 엎드려 슬피 탄식하며 가로되,

"인생이 박명하기가 어찌 이와 같을 수 있사오리까?"

하고는 품속에 간직하였던 축원문을 꺼내 부처님 탁자 위에 드리니 그 글에 하였으되,

〈아무 고을 아무 동리에 사옵는 소녀는 외람됨을 무릅쓰고 부처님 앞에 사뢰옵니다. 이즈음 변방(邊方)이 허물어져 왜도적들이 쳐들어 오니 싸움이 쉬일 날 없사와 봉화불이 해마다 그칠 날이 없사옵니다. 그리하여 건물이 파괴되고 노략질을 하오니 친척과 종들은 동서 사방으로 피난하여 정처없이 유리걸식 하였나이다. 수양버들 같은 갸냘픈 소녀의 몸이오라 먼 길에 많은 고생을 겪었사온데 야속한 우리 부모 궁벽한 곳에 옮겨 두어 초야에 묻혀 사온지가 속절없이 삼년이나 되온지라, 달 밝은 가을 밤과 꽃 피는 봄철에 고단한 영혼 어이 위무할 길 있사오리까? 흐르는 흰 구름과 물결 소리를 들으며 무료한 세월을 보내옵나니 그윽히 깊은 골짜기에서 평생의 박명 박행(薄命薄幸) 함을 탄식하오며 홀로 공규(空閨)를 지키어 기막힌 밤을 보내오니, 님 그리운 이내 정이 채란(彩鸞)의 외로운 춤을 홀로 슬퍼 하나이다. 세월은 흐르고 홀로 서러운 영혼 맘 둘 곳 없사옵고,그럭저럭 날은 가고 밤은 와서 구곡

간장 다 녹아 없어지나이다. 어지신 부처님이시여! 자비와 연민함
을 베푸시옵소서. 인간의 한평생이 이미 정해져 있사옵고, 부부의
백년가약 또한 피할 길 없사오니 바라옵건데 하루 바삐 꽃다운
인연과 배필을 점지해 주시옵소서〉.

여인은 축원문을 바치고 난 후 흐느껴 울기 시작하였다. 그 울음
소리가 가슴을 찢는 듯 하는지라 불좌 밑에 숨어서 이를 엿보던 양생
은 그 아름다움에 황홀 난측하여 스스로 그 정을 가누기가 어려워
뛰어나와 말하여 가로되,
"아가씨가 지금 읽은 글월은 대체 무슨 내용의 것이오니까."
하고, 그윽이 여인의 글발을 한번 훑어보고는 만면에 기쁜 빛을 감출
수 없이 여인에게 일러 가로되,
"그대는 누구시기에 이곳에 홀로와 있습니까?"
여인은 아무런 놀라움과 두려움도 없이 대답하는 것이었다.
"저는 사람이 분명하오니 의심을 푸시기 바랍니다. 당신은 아름다
운 배필을 구하고 있는 중이시죠. 굳이 성명을 알아 무엇 하시리이
까?"
이때 만복사는 이미 퇴락하여 스님들은 절 한모퉁이에 옮겨 살고
있기 때문에 법당 앞에는 다만 쓸쓸한 행랑채 끝에 매우 비좁은 판자
방이 한 칸이 있었다. 양생은 여인을 눈짓하여 옆에 끼고 안으로 들어
가니 여인도 이를 거절치 않고 따라오는 것이었다.
이에 양인은 운우(雲雨 : 남녀가 즐거움)의 즐거움을 누리었다.
이윽고 밤이 깊어 달이 동산에 솟아 오르며 그 황홀한 그림자가 창가
에 비치는데 문득 어디서인지 사람의 발자욱 소리가 나는 것이었다.

여인이 먼저 놀래어,

"누가 왔느뇨? 아무개 아니냐?"

하는 말에 여아(女兒)가 대답하여 가로되,

"그렇습니다. 낭자께서 문 밖에 한 번도 나가지 아니하시더니 오늘 어찌 이런 곳에 와 계시오니까?"

여인이 이에 대답하되,

"오늘의 가연(佳緣)은 실로 우연한 일이 아니다. 높으신 하나님과 자비로우신 부처님께서 고운 님을 점지해 주신 덕택으로 백년해로를 하게 되었으니 이보다 다행한 일이 어디 있겠느냐? 비록 어버이께 말씀드리지 못하였음은 예의에 어그러진 일이지만 이렇듯 아름다운 인연을 맺게 되었음은 한평생의 기쁨이 아닐 수 없다. 너는 빨리 집으로 돌아가 주안상을 차려 가지고 올지니라."

시녀가 명을 받고 물러 간 뒤 얼마 후에 다시 돌아와 뜰 아래서 합환(合歡)의 잔치를 베푸니 때는 이미 사경(四更 : 새벽 두시 전후)에 임박하였다. 양생이 그 주안상의 그릇들을 보매 기명(器皿)에는 아무런 무늬도 없고 술잔에는 기이한 향내가 진동하니 이는 인간세계의 것이 아닌 상 싶었다.

양생은 속으로 은근히 의심해 마지 아니 하였으나 그 아가씨의 맑고 고운 음성과 몸가짐은 아무래도 어느 명문집 따님이 한 때의 정을 걷잡을 길 없이 어두움을 타고서 담을 넘어 뛰어나옴이 틀림없으리라, 생각하고 별달리 생각지 아니 하였다. 아가씨는 양생에게 술잔을 권하며 시녀를 권주가(勸酒歌) 한 가락을 부르게 한 뒤에 양생에게 말하기를,

"애는 옛 곡조 밖에 알지 못한답니다. 청컨데 당신께서는 저를 위하

여 한 수의 노래를 지어 불러 주도록 하면 고맙겠습니다."

양생은 쾌히 허락하고 곧 만강홍(滿江紅 : 배 이름) 가락으로 한 곡조 지어 시녀에게 부르게 하니,

봄 추위 쌀쌀한 바람에
명주 적삼 팔랑이고
애닯아라 몇 몇 번이나
향로에 불이 꺼졌던고
저문 뫼 눈썹인 양
가물거리고
저녁 구름
양산모양 퍼졌는데
비단 장막 원앙 이불에
뉘로 더불어 노닐는고
금비녀 반쯤 꽂은 채
퉁소 한 가락 불어 볼까나
덧없는 저 무정 세월
어이 흘러만 가느뇨
봄 밤 깊은 수심
둘 곳 한이 없는데
타오르는 등불 가물거리고
병풍 나즈막히 둘러
온갖 헛되이 흘리는 눈물
뉘로 더불어 위로 받으랴

기쁠시고 오늘의 이밤
봄 바람이 소식 전하여
중중 첩첩 쌓인 정한
봄 눈 녹듯 녹았어라
금루곡 한가락을
술잔에 기울여서
한 많은 옛일
느껴워 하노매라

노래를 마치매 여인은 슬픈빛을 띠우고 말하기를,
"그대를 진작 만나지 못하였음을 못내 한스럽게 여기는 바입니다. 그러나 오늘의 가연을 어찌 천행이라 하지 않으오리까. 당신께서 만일 소첩을 버리지 않으신다면 종생토록 당신의 건즐(巾櫛 : 수건과 빗)을 받들겠나이다. 만일 당신께서 저를 버리신다면 저는 영원히 이 세상에서 사라지겠나이다."
양생이 이 한마디를 듣고 한편 놀아우며 또 한편 고마운 생각에 가슴이 뿌듯하여 말하였다.
"그대의 사랑을 내 어찌 저버릴 수 있으리요?"
그러나 아가씨의 일거일동이 아무래도 이상하여 그는 유심히 동정을 살피기를 게을리 하지 아니 하였다. 그때 마침 서쪽 봉우리에 지는 날이 걸리고 먼 마을에서 닭의 홰 치는 소리가 은은히 들려오고 절간의 새벽 종소리가 울리니 먼동이 트이기 시작함을 알 수 있었다. 여인이 말하기를,
"너는 그만 술상을 거두어 가지고 돌아가거라."

　연하여 시녀는 곧 안개슬듯 어디로인지 없어지고 말았다. 여인이
말을 잇되,

　"아름다운 인연은 이미 이루어진지라 낭군을 모시고 저의 집으로
　돌아갈까 하옵니다."

　양생은 기꺼이 승락하고 아가씨의 한 손을 잡고 앞길을 향해 걸어
가는데 마을을 지날 때에 울타리 밑에서 개들이 짖기 시작하였고
행길에도 사람들이 보이기 시작하였다. 그러나 사뭇 이상하기 짝이
없는 일은 아무도 양생이 여인을 데리고 돌아오는 모습을 본 이가
하나도 없었다.

　이런 해괴한 일이 어디 있으랴. 다만 어떤 이 만이,

　"양총각 식전 이른 새벽에 어디 다녀 오시는거요?"

하고, 의아하게 물었다.

　이에 양생은,

　"어제 저녁에 크게 취하여 만복사에서 잠을 자고 옛날 친구를 찾아
　가는 길입니다."

라고, 대답하였다.

　양생은 그 아가씨를 따라 깊은 숲속으로 들어가니 이슬은 길을
적시고 초로(樵路)가 막막하였다. 이에 그는 의아스러운 생각이 들어
서 물었다.

　"당신 사시는 곳이 어째 이렇게 황량한가요?"

　"말씀마십시오. 노처녀의 거처는 항상 이러하오이다."

　이 때 아가씨가 옛날 글을 외워 농을 걸었다.

　　이슬 내리는 오솔길을

    저물기 전에 가고 싶건만
    어인 이슬 길가에 차
    내 소원 막히느뇨

양생도 그냥 있지 아니 하고 또한 옛 글 한 귀절을 외워 읽었다.

    엉거주춤 저 여우는
    다리 위로 건너 가네
    정든 아가씨 노리는 마음
    미친놈 멋없이 설렁대네

  둘이는 함께 웃으며 또 읊기도 하면서 드디어 개녕동(開寧洞)으로 나아갔다. 한 곳에 당도하니 쑥밭이 들에 가득하고 한 채의 아담하고 고운 집이 수려히 서 있는데 여인은 양생을 데리고 그리로 들어갔다. 방안에 침구와 휘장이 드리워 있었고 밥상이 들어 왔는데 어제 저녁의 만복사 차림새와 조금도 다를 것이 없었다. 그는 기쁨과 환락에 들떠 연 사흘을 즐기었다. 그 즐거움은 그의 생애에 아름다운 추억됨에 손색이 없었다. 그리고 시녀 또한 얼굴이 아름답고 고우며 교활한 모습은 볼 수 없고, 좌우에 벌려놓은 그릇들과 가구들은 무늬가 없으니 필경은 인간세상의 것이 아닌 듯 하였다. 그는 가끔가끔 의아한 마음을 금치 못하였으나 아가씨의 은근하고 정다운 접대에 그만 그런 생각들은 봄눈 녹듯 사라지는 것이었다. 그러는 동안에도 시간을 흘렀다. 어느날 아가씨가 갑자기 이렇게 말하는 것이었다.
  "이곳의 사흘은 인간세상의 삼년에 해당하는 고로 이제는 그대가

돌아갈 때가 되었으니 그만 인간 세계로 돌아가시어 옛일의 생업을
돌보심이 어떠하리이까?"
하고, 이별의 잔치상을 차리어 한턱을 베푸는 것이었다. 양생은 슬픔
이 갑자기 밀려오며,
"대체 이게 웬 말이오?"
하고 대어들듯 말하였다. 여인이 말하되
"오늘의 미진한 연분이 다시금 내 생에 기필하리라고 굳게 믿는
바입니다. 그리고 이곳의 예절로 말하면 인간의 그것과 별로 다를
것이 없으니 저의 이웃 친척들과 만나보고 떠나심이 어떠하리까?"
양생이 대답하되,
"그렇게 합시다."
이에 여인은 시녀를 시켜 친척과 이웃 친구들을 초대하였다. 이날
초대된 사람으로는 정씨, 오씨, 김씨, 유씨가 모였는데 이들 네 아가
씨들은 모두 귀가 거족의 따님들이어서 천품이 온순하고 총명하여
풍류와 학문이 놀라우며 아는 것이 또한 많아 능히 시부(詩賦)에
뛰어났다.
낭랑한 음성으로 시를 읊기 시작한 정씨는 구름 같은 쪽진 머리가
귀 밑을 덮은 매우 활발하고 명랑한 여인이었다. 이에 노래를 읊으니
그 시에 하였으되,

봄 밤에 꽃과 달
다 함께 고울세라
이 내 시름 그지 없어
저 달아 물어 보자

이몸이 죽어 가서
비익조(새 이름) 될 량이면
푸르른 하늘 아래
님과 함께 나래 펴리
칠등(무덤 속에 켜는 등불)이 캄캄하여
밤은 깊어 적요한데
북두성 가로 비켜
달빛이 흐르는제
슬플사 저승 길에
뉘 있어 찾아 오리
푸른 적삼 쪽진 머리
단장함도 아득할사
그대 어이 믿을 손가
백년 가약 뉘 지키리
봄 바람 스칠 적에
지난 일을 어이하리
베개 위에 눈물 흔적
몇번이나 스몄던고
산비(山雨) 험하여라
뜰에 그득 배꽃 진다
꽃다운 젊음일래
속절없이 지내려니
적막한 비인 산에
그 몇 밤을 내 울었나

남교(선인 배항이 운교 부인을 만나던 곳) 지나는 손
님인줄 모르다니.
어느 해 좋은 가약,
그 님을 만날는고

　오씨는 연약한 쪽진 머리와 요염하고 애교어린 얼굴로 스스로의
넘치는 풍정(風情)을 이길 길 없어 계속하여 읊었으니,

절간에 향 피우고
돌아가던 밤일는가
가만히 던진 저포
뉘 있어 중매했나
봄 꽃 가을 달에
다함 없는 긴긴 한을
그대 주신 한잔 술에
봄 눈 녹듯 녹았어라
복사꽃 붉은 볼에
새벽 이슬 적실 적에
깊은 골 봄은 깊어
나비 조차 오지 않네
기쁜지고 님의 집에
꽃다운 이 잔치를
새 곡조 다시 불러
이 술잔을 받으시라

해마다 찾는 제비
이 봄에도 날건마는
님 그리는 이 내 심사
애끓는 듯 허무해라
부럽도다 저 연꽃이
일연 탁생 그 아닌가
연못에 밤 깊으면
함께 즐겨 노는구나
검푸른 높은 산 위에
높이 솟은 다락이 있어
연리지에 열린 꽃은
이제 붉게 피었건만
이 인생 한 백년이
꽃나무만 못하여서
한 많은 이 내 청춘
눈물 걷힐 사이 없네

이 때 김씨는 그 용모를 단정히 하며 음전한 태도로 붓을 들어
앞에 읊은 두 사람의 시편이 너무 음탕함을 꾸짖어 말하였다.
  "오늘은 다만 이 좌석의 홍취를 돋을 뿐인데 어찌 각자의 방탕스런
  정회를 베풀어 처녀의 정조를 잃으며 인간 세계의 손님에게 더러운
  우리의 얘기를 퍼뜨리게 하랴."
하고, 말을 마치자 곧 낭랑한 음성으로 읊기를,

밤은 깊어 오경인데
귀촉도 슬피 울어
북두성 기울어져
은하수 멀고 멀사
애끓는 옥통소를
다시 정녕 불지 마오
이 고운 풍경일랑
속된 인간 알까 하네
흐뭇이 부으리니
금 술잔 하나 가득
취토록만 잡으시오
술 걱정 아예 마소
내일 아침 저 봄 바람
사나웁게 밀려 오면
한가닥 서러운 봄 꿈을
어이하료 어이해
초록색 엷은 소매
부드럽게 드리우고
풍류 무르익어 술잔 잡으니
한 잔 한 잔 또 한 잔을
맑은 홍취 깨기 전에
님일랑 가지 마소
다시금 새로운 말로
새로운 노래 지우리라

구름인 양 쪽진 머리
몇 해 후에 진토되련고
그리던 님을 만나
오늘에야 웃었나니
신기하다 자랑마라
운우(雲雨)의 미친 기쁨
풍류 짙은 이야기
저 세상에 알릴세라

유씨는 얼굴과 모양이 호화롭지 않으나 소복 단장하고 일찌기 규중의 법도 있는 집안에서 자라나 침묵을 지켜 말이 없더니 저윽이 웃으며 시를 읊기 시작하였다.

칠석같이 굳은 정조
지켜 온지 몇몇 핸가
구슬같이 고운 모양
구천에 묻혔구나
그윽한 봄 밤이면
월궁 항아 짝을 지어
계수나무 푸른 그늘
나 홀로 잠에 취해
우습구나 도리화야
봄 바람이 부는 즈음
무슨 일로 남의 집에

함부로 휘날리나
한평생 이 내 절개
가실 줄이 없건마는
흰구슬 고운 무늬
티 묻을까 저어하네
연지 찍는 이 습관이
쑥대머리 다북하고
향내 그윽한 경대 서랍
프른 이끼 끼었구나
오늘 아침 그대 님의
잔치에 참예하여
머리 위에 붉은 꽃
보기만도 부끄러워
기쁘도다 아가시여
백년 낭군 만났구나
하늘이 정한 배필
꽃다울사 이 인연을
월로(중매를 하는 선인)의 붉은 실에
금슬은 더욱 굳어
빌건대 그대 두분
양홍(동한 때 사람)과 맹광(맹광의 아내)되시오

이때 아가씨가 유씨의 읊은 맨 끝장을 보고 고마운 생각을 나타내
어 자리로 나오더니

"저도 또한 재주가 없사오니 글자의 획은 분별 할 줄 아오니 어찌
홀로 감회가 없으리까?"
하고, 곧 시부 한장을 지어 읊었다.

　개녕동 깊은 골짜기
　봄의 수심 안은 채로
　꽃은 지고 피고
　일백 근심 더 할세라
　아득한 초협(중국의 지명) 구름 속에
　님을 여의고는
　소상강(순임금의 두 아내 아황과 여영이 놀던 곳) 대밭 속에
　눈물어린 눈동자야
　맑은 강 따뜻한 날씨
　원앙새는 짝을 찾고
　푸른 하늘 구름 걷히자
　비취새 노니는구나
　님이여! 맺사이다
　굳고 굳은 동심쌍관(부부가 변하지 않기를 맹세하기 위해 맺은
　실)
　비단 부채(사랑을 잃은 여자에 비유함)가지고
　맑은 가을 원망 마라

양생 또한 글에 능한 편이었지만 그들의 시법(詩法)을 감상하니
청고(淸高)하기 이를데 없고 놀라운 신운(神韻)이 향양함을 보고

경탄하여 마지 아니하였다. 이제 곧 자기도 시 한수를 지어 답하여
읊으니 대개 다음과 같았다.

이 밤이 어인 밤인고
고웁고 고운 님을
기꺼이 맞이했네
꽃처럼 아름다운 얼굴
앵도같이 붉은 입술
그 위에 문장인걸 어쩌나
그 재주 그 문장
천고에 업으리.
직녀성이 베틀 던지고
인간에 내렸는가.
월궁 항아 절구공이 버리고
이곳에 왔노매라
희고 맑은 단장
술잔을 드리어라
운우의 즐거움이
익숙치 못하지만
술 붓고 시 읊으니
유쾌함 다시 없네
기쁘고녀 내 짐줏
봉래섬(신선이 사는곳)을 찾아 들어
신선이 여기 있네

풍류도를 만났구나
이름 난 술잔에
금향 속에 안개는 서려
백옥상 솟은 앞에
매운 향내는 나부끼고
푸른 비단 부엌에
미풍은 불어오네
정녕코 님을 보며
이 잔치를 열게 되니
하늘에 오색 구름
찬란코 아름답다
님이시여 님이시여
옛 일을 돌아보라
문소(인선)는 채란을 사랑했고
장석(인선)은 난향을 만났어라
인생의 어울림도
반드시 인연이거니
마땅히 술잔을 들어
해로하길 맹약하리
님이여 가벼이
말씀치 말라.
가을에 부채가 소용 없으리니
세세 생생에
그대와 부부되어

아침 꽃 저녁 달에
끊임 없이 노닐려오

이에 술이 다하자 서로 하직하지 아니할 수 없었다. 아가씨는 은잔
한 벌을 내어 양생에게 주면서 말하기를,

"내일은 저의 부모님께서 저를 위하여 보련사(寶連寺 : 남원의 보련
산에 있음)에서 음식을 베풀 것입니다. 당신께서 저를 버리셨다가
부모님을 함께 뵙는 것이 어떠하오리까?"

"그것 좋은 말씀이오"

하고, 양생은 다음날 아가씨가 이르는 말대로 은잔을 들어 보련사로
가는 길가에서 기다리고 있었더니, 과연 어떤 명갓집 행차가 따님의
대상을 치르기 위해 수레와 말이 잇달아 보련사로 향하는 것이 보였
다.

그 명갓집의 종자인 듯한 사람이 길가에 은잔을 들고 서 있는 양생
을 발견하고 그의 주인께 급히 여쭈기를,

"마님 나리! 우리집 아가씨 장례 때 관 속에 묻었던 은잔을 누가
꺼내었나 봅니다."

"그게 무슨 말이냐?"

"네, 길가에 한 서생이 가지고 있기에 말씀드리는 것이 올시다."

이에 놀란 주인은 곧 탔던 말을 멈추게 하고, 양생에게 다가와
은잔을 얻은 유래를 물으매 양생은 사실대로 대답할 수 밖에 없었
다. 주인은 한참이나 멍청히 있더니 입을 열었다.

"내 일찌기 슬하에 여식이 하나 있었는데, 팔자가 기구하여 왜구의
난리 통에 죽어 정식으로 장례도 치르지 못한 채 개녕사(開寧寺

: 남원의 대수산에 있음) 곁에 묻어 두고 머뭇머뭇 하다가 오늘에 이르렀네. 그러다 보니 오늘이 대상날이라 부모된 마음에 그냥 넘길 수 없어 보련사에 가서 시식이나 베풀까 해서 가는 길일세. 자네가 정말 그 약속대로 하려거든 조금도 의아치 말고 여식을 기다려서 함께 오게나."

간곡한 당부를 하고는 주인은 먼저 보련사로 가는 것이었다. 앵생이 혼자 서서 기다리니 과연 약속한 시간이 되자 아가씨는 시녀를 데리고 그곳에 엄연히 나타나는 것이었다. 서로 기쁘게 맞이하여 손을 잡고 보련사로 향하매 아가씨는 절문으로 들어가더니──우선 부처님께 염불하고 곧 흰 장막 안으로 들어갔는데 스님들과 친척들 중 아가씨를 본 사람이라고는 한 사람도 없었다.

다만 양생이 그 뒤를 따를 뿐이었고, 양생만이 아가씨를 볼 수 있었다. 아가씨가 양생에게 말하기를,

"진지 잡수시요 함께…"

하였다.

양생이 그 말을 그의 부모님께 말하였더니 부모도 이상히 여기어 이를 엿보기로 하였고 이윽고,

"그럼 함께 밥이나 들게."

하였더니, 아가씨의 형상은 보이지 아니하고 수저 소리만 달그락 거리는 것이었고 그것은 마치 인간이 하는 것과 흡사하였다. 그들은 크게 놀라며 장 속에 신방을 마련하고 양생으로 하여금 함께 자게 하였는데 밤중 쯤 되자 낭랑한 음성이 들리어 왔다. 사람들이 가만히 그 이야기를 듣고자 귀를 기울이기만 하면 문득 아가씨의 소리는 들리지 아니하였다. 아가씨가 말하기를,

"이제부터 저의 신세를 자세히 여쭙겠나이다. 제가 예법(禮法)에 어그러지는 행동을 하고 있다는 것은 알고 있습니다. 시경에 말한 건상(褰裳 : 남녀의 무례함을 풍자함)과 상서(相鼠 : 건상과 같은 뜻임) 두 시의 뜻을 모르는 것도 아니옵니다. 하도 오랫 동안 들판 다북 속에 묻혀 있었는지라 풍정이 한 번 발하매 이를 능히 이기지 못하였습니다. 뜻밖에도 삼세(三世 : 불가의 현재, 과거, 미래를 말함)의 인연을 만나 그대의 동정을 얻게 되어 백년의 높은 절개를 바쳐 술을 빚고 옷을 기웁고 평생 지어미의 길을 걸으려 하였나이다. 그러나 안타까웁게도 숙명적인 이별을 위반할 수가 없어 한시 바삐 저승길을 떠나야겠습니다. 운우(雲雨)는 양대(陽臺 : 초양왕이 미인을 꿈꾸던 곳)에 개고 오작은 은하에 흩어지매 이제 한 번 하직을 고하오면 뒷날을 기약할 수 없사오니 헤어짐에 임하여 이 서럽고 아득한 정회를 어떻게 말씀드릴 수 있겠나이까?"

말을 마치고서 아가씨는 슬피 우는 것이었다.

이윽고 스님과 여러 사람들이 혼백을 전송하니 영혼이 문밖으로 나가는지 어떤지 알 수 없으나 여인의 얼굴은 보이지 아니하고 슬피 우는 소리만이 들려왔다. 그 속에 소리 있어 말하기를,

저승길이 바쁜고로
괴로운 이별 하건마는
비옵건대 내 님이여
저버리지 마옵소서
애닯도다 어머니여
슬플진대 아버지여

내 신세를 어이하나
고운 님을 여의도다
아득하다 저승길이
이 원한을 어이하나

사라져가는 가느다란 소리는 점점 희미해지며 그 소리 확실히 분별
할 수 없게 되었다. 부모도 아가씨의 일이 정말이라는 것을 깨닫게
되니 다시 의심치 아니하였고, 양생 역시 그가 사람이 아니고 귀신이
었음을 그제야 뚜렷이 알 수가 있었다. 그리하여 한 층 더 슬픔은
고조되어 그의 부모와 어울려 슬프게 통곡하였다.
이때 그의 부모가 양생을 향하여 말하기를,
"은잔은 자네의 소용에 맡길 것이오. 내 딸이 지니고 있던 밭두어
이랑과 여비(女婢) 몇 사람 또한 자네에게 주노니 이로써 내 여식
을 잊지 말아 주게."
이튿날 양생은 고기와 술을 가지고 아가씨와 처음 상봉한 터를
찾아가 보니 과연 하나의 빈장(殯葬)한 것이 있었다. 양생이 음식을
차려 놓고 지전(紙錢)을 불사르며 조문을 지어 읽으니 다음과 같았
다.

〈오오 그리운 님이시여! 님은 어릴적 부터 천품이 온순하고 커서
는 자태의 아름다움이 서시(西施 : 월의 미인 이름)와 같고 문장을
숙진(淑眞 : 선녀의 이름)을 능가하여 규문 밖에 나가지 않았으며
항상 어머니의 교훈을 잘 받았었소. 그리하여 난리 통에도 굳은
정조를 온전히 지켰는데 그만 왜적을 만나 목숨을 잃었구료. 황량

한 쑥밭에 몸을 의지하고 피는 꽃 돋는 날에 마음만이 슬프고 봄
바람에 귀촉도 구슬피 우니 가을철의 비단부채 무엇에 쓰오리까.
지나간 밤에 님을 만나 기쁨을 얻었으니 비록 유명이야 다르지만
운우의 즐거움을 님과 함께 하여 장차 백년을 해로 하였던 바 어찌
하룻 저녁의 기쁨으로 이별이 닥칠줄을 뉘 알았겠소. 고운 님이시
여! 그대는 응당 달 나라의 난새를 타시옵고 익산(益山)에 비가
되오리다. 땅이 암암하여 돌아올 길 없고 하늘이 아득하여 그대
뵐길 끊쳤세라. 다만 묘묘막막한 중에 그대 뵈올길 간절히 기리며
님의 영혼 말 들어 내 구슬피 울었고 장을 헤칠 때마다 마음 찢기
오이다. 총명한 그대시여! 고운 그대시여! 그 음성 귓가에 쟁쟁하
니 아아, 이 설음 내 어찌 하오리이까? 그대의 삼혼이 없어졌다
하여도 하나의 영혼 기리 남을지니 여기 잠시 고운 모습 나타내실
지어다. 비록 나고 죽음이 다르다 하나 그대의 총명으로 나의 글월
에 어이 느낌이 없으리오.〉

그 뒤 양생은 이내 슬픔을 이기지 못하고 집과 농토를 전부 매각하
여 저녁마다 제를 올리어 시식(施食 : 음식으로 포식함)을 하니 하루
는 그 아가씨가 공중으로부터 양생을 불러 말하여 가로되,
"당신의 은덕을 입어 이 몸은 이미 딴 나라 남자의 넋을 받아 태어
나게 되었나이다. 유명의 한계는 더욱 더 멀어졌다 하나 당신의
두터우신 은정을 어찌 길이 잊을 길 있사오리까. 그대도 마땅히
다시 정업(淨業)을 맞아 저와 더불어 함께 영원한 윤회(輪廻)를
해탈케 하여지이다."
양생은 그 후 다시 장가 들지 아니하고 지리산에 들어가 약을 캐면

서 살았는데, 그가 어떻게 죽었는지 아는 사람은 아무도 없었다.

2. 이생규장전(李生窺牆傳)

개성에 이생이란 사람이 낙타교(駱駝橋 : 보정문 안에 있는 다리)
옆에서 살고 있었다. 그의 나이는 열 여덟 살로 얼굴이 말쑥할 뿐
아니라 재주가 비상하여 배움에 뜻을 두었고, 일찍기 국학(國學 : 성
균관을 말함)에 다닐 때부터 길거리에 다니면서도 글을 읽을 정도였
다.

이때에 선죽리(善竹里 : 선죽교)에 살고 있는 양갓댁 따님 최씨는
그 꽃다운 나이 열 여섯으로 행실이 바르고 자수를 잘하며 시부(詩
賦)에 능하니 세상에서는,

풍류재자 이 총각과
아리따운 최 처자의
그 재주 그 얼굴을
뉘라 아니 탐내리

라고 일컬었다.

이생은 책을 옆구리에 끼고 서당에 갈 때에는, 항상 최씨집 북쪽
담 밖을 지나가는 것이 상례였었다. 줄줄이 드리운 수양버들이 그
집의 높은 담을 에워싸고 열을 지어 서 있는데, 어느날 이생은 그

나무 그늘에서 쉬다가 우연히 그 담 안을 엿보았더니, 이름 있는 꽃은
봄을 만나 만발하였고, 벌과 새들은 다투어 지저귀는데 그 곁에 조그
만 다락이 꽃숲 사이로 드러나 보이니 주렴을 내렸는데, 비단장벽이
반쯤 드리워 있고, 그 속에 한 아름다운 여인이 수를 놓다가 바늘을
멈추고 턱을 고이고 앉아 시를 읊으니,

　　　내 홀로 분벽사창에 앉아
　　　수놓기도 또한 싫어지는데
　　　백 가지 꽃숲 속에
　　　꾀꼬리 다정히 울고 있네
　　　무단히 원망하는 것은
　　　동녘 바람 불어 옴이오
　　　말 없이 바늘을 멈춰
　　　이내 생각 하염 없어라
　　　길위에 뉘집 총각 고우신 님이
　　　초록빛 긴 소매로
　　　수양버들 가지 스치는가
　　　이 몸이 싀어지어
　　　나는 제비 될 량이면
　　　드린 주렴 살짝 넘어
　　　높은 담 넘으리라

　이생이 이 소리를 듣고 기쁨과 흥분을 이기지 못하여 견딜 수가
없었으나, 그 담은 드높고 굳게 닫힌지라 어찌할 수가 없었다. 그는

서당에서 돌아오며 한 가지 계교를 생각해 내어 흰종이 한 폭에 시
세 수를 써서 기와 쪽에 매어서 담 너머 안으로 던졌다.

> 무산 육육봉에
> 첩첩 쌓인 안개인가
> 보고저 하올 적에
> 뵐 수 없는 이 괴로움
> 그 님의 외로운 꿈을
> 번거롭게 하지 말자
> 행여나 운우되어
> 양대 위에 내릴 거나
> 그리던 님이시여!
> 나의 진정 아시오리
> 담 위의 부드러운 복사꽃도
> 님 보다는 못하고나
> 바람따라 흘러 가서
> 어느 곳에 떨어졌나
> 호인연인가 악인연인가
> 하염 없는 이내 시름
> 님과 맺을 높은 사랑
> 어느 날에 이룰꺼나

아가씨가 시녀 향야(香兒)를 시켜 그것을 주워 보니 곧 이생의
시였다. 펴서 두번 읽고 스스로 기쁨을 이기지 못하여 종이 쪽지에

또한 두어자 적어 밖으로 던졌다.

〈그대는 의심하지 마소서, 황혼께 만나기를 약속하리.〉

이생이 그 말과 같이 어둠이 짙어 오는 황혼에 그 자리에 나가니, 복사꽃 나무 한 가지가 담 위로부터 뻗어 내려오며 하늘하늘하는 그림자가 나타났다. 이생이 가서보니 그넷 줄에 대바구니를 매어 드리운 것이었다. 이생은 곧 그 줄을 잡고 쉽사리 담을 넘어 안으로 들어갔다. 그때 마침 동산에 달이 떠오르고, 꽃가지의 그림자는 땅 위에 비껴 있어 이생은 그지 없이 기뻤으나, 한편 비밀이 탄로날까 겁이나서 머리끝이 솟구쳐 올랐다.
　그가 좌우를 돌아보니 아가씨가 꽃숲 속에서 향아와 더불어 꽃을 꺾어 머리에 꽂고 있다가 이생을 이내 발견하고 빙긋이 웃으며 시 몇 수를 읊었으되,

　　복사꽃 가지 사이에
　　꽃은 피어 화려하고
　　원앙새 베개 위에
　　달님은 휘항해라

이생이 곧 뒤를 이어 시를 의었으되,

　　어쩌다 봄 소식을
　　행여 전치 마올 것을

비바람 무정함도
그 또한 슬프고녀

아가씨가 얼굴이 변하며 말하기를,

"내 본시 그대와 더불어 끝까지 부부의 즐거움을 백년까지 하고저 하는데, 그대는 무슨 심정으로 이런 말을 하시나요? 저는 비록 여인의 몸일지라도 이에 대하여 태연한 몸가짐을 가지거늘 대장부의 의지로서 그게 옳은 말씀이오니까. 다른 날 이 일이 누설되어 친정 어버이의 꾸중을 받게 되오면, 제가 책임을 질터이니 방념하시기 바라나이다."

향아에게 방에 들어가 술과 과실을 가져오라 하니, 향아는 명을 받고 사라지자 사방이 고요하여 사람의 소리라고는 전혀 들을 수가 없었다.

이생이 이상히 여겨 물어 가로되,

"여기가 어디메뇨?"

여인이 대답하되,

"여기는 우리집 북쪽 동산의 작은 다락이온데 저의 어버이께서 무남독려인 저를 지극히 사랑하시어 따로이 연못가에 이 집을 지어주시고 봄이면 백화가 만발한 속에서 향아와 함께 즐거이 놀게 하신 것입니다. 저의 부모님 계신 곳은 여기와는 상당한 거리가 있어 비록 큰 웃음소리를 내어도 그곳까지는 잘 들리지 아니하옵니다."

최씨는 이에 향기 있는 술 한 잔을 따라 권하면서 시 한편을 읊었으되,

연못 깊은 곳에
치솟은 난간 이랑
꽃다발 뭉치 속에
애인들이 속삭인다
향기론 안개 솟고
봄빛은 화려할제
새 곡조 지으려는
백저사(오나라의 춤곡)을 읊는구나
꽃 그늘에 달 비끼고
방석을 편 듯한데
긴 가지 잡고 보면
붉은 비 떨어지네
바람은 향내 끌고
향내는 옷깃에 스며
첫 봄을 맞이하여
아가씨는 춤을 추네
가벼운 옷소매로
해당화나 스쳐 볼까
꽃 밑에 졸고 있던
앵무새만 깨웠구나
이생이 곧 그 시에 답하였으되.

신선을 잘못 찾아
무릉도원에 왔어라

한 많은 이 정회를
무엇으로 속삭일꼬
금비녀채 낮으하다
엷고 고운 초록 적삼
봄철이라 새로 지어
비바람 불지 마라
열지어 핀 꽃들에
선녀가 내리신다
좋은 일엔 마가 있다.
새 노래 따로 지어
앵무새를 가르치지 말라

읊기를 마치매 아가씨가 이생에게 말하기를,
"오늘의 우리들 만남은 반드시 적은 인연이 아니오니 당신께서는 저를 따라 운우의 즐거움을 서로 누리어 백년의 가약을 맺으심이 어떠하옵니까?"
말을 끝마치자 아가씨는 북쪽 창을 열고 안으로 들어가매 이생 또한 그 뒤를 따라 안으로 들어갔다.
다락에는 사다리가 놓였는데 사다리를 밟고 오르니 과연 적이 높은 다락이었다.
문방구와 책상은 말끔하고 아름다왔다. 한쪽 벽에는 연강첩장도(烟江疊嶂圖:내가 긴 강 위에 첩첩이 쌓인 산을 그림)와 유황고목도(幽皇古木圖:고목과 대밭의 그림)의 두폭의 그림이 붙어 있는데, 다 명화로 화제(畵題)가 씌어 있으되, 첫째로 누구의 시인지 다음과

40

같은 것이 적혀 있었다.

　　저 강 위에 첩첩한 뫼
　　어느 님이 그렸관대
　　구름 속의 강호산(바다 위에 있는 삼신산의 하나)이
　　반봉우리 까마득타
　　아득할사 몇 백린가
　　형세 또한 장할시고
　　가까이 바라보니
　　쪽진머리 완연하고
　　푸른 물결 찰랑이는
　　하늘과 물 닿았어라
　　저문날 하늘 멀리
　　고향 땅 바라보네
　　이 그림 구경할 때
　　그대 느낌 어떠하뇨
　　소상강 비바람에
　　배 띄운 듯 하여라

그 둘째 번의 시에 적혔으되,

　　바삭거리는 갈대 잎에
　　가을이 깃들었고
　　고목 등걸에도

옛정이 서리누나
뿌리 깊어 이끼 끼었고
가지마다 뻗었는데
무궁한 조화 천지조화
가슴 속에 서려 있네
미묘한 이 경지를
뉘와 더불어 논할 건가
위언, 여기 떠난 뒤에
이 묘리를 뉘 알더뇨
개인창 밝은 곳에
말없이 서로 보니
신기할손 님의 필적
사랑 않고 어이하리

그 한쪽 벽에는 사시경(四時景) 각각 네 수를 써 붙였는데 작자는 알 수 없고, 글씨는 조송설(趙松雪 : 원나라 때 서화가 조맹부)의 것을 본받아 썼으므로 글씨체가 몹시 곱고 깨끗하였다.

연꽃 장막 속에 향내 풍겨
실바람에 흔들리고
창 밖의 붉은 행화
비 뿌리듯 하는구나
오경덕 종소리에
남은 꿈 깨였세라

신이화(꽃 이름)깊은 곳에
백설조(새 이름)가 우는고나
기나긴 날 깊은 안방
제비도 쌍쌍 날아 들고
졸림이 와 말이 없이
수놓던 바늘 멈추어라
꽃 그늘 쌍쌍이
나비는 춤을 추고
낙화를 사랑하느뇨
여기저기 날아드네
얇은 추위 살그머니
초록치마에 스며들 때
무정한 봄 소식은
남의 간장 녹이누나
맥맥히 흐르는 이내 정분을
뉘라서 살뜰히 알아 주리오
백 가지 꽃 만발한 속에
원앙새만 춤추도다
봄빛 깊이 숨어
뉘 집 동산에 간직했나
붉고 푸른 빛깔들이
분벽사창 비치누나
방초 우거진 곳
외로운 수심 위로하리

수정렴 높이 걷고
낙화 분 보오리라
그 둘째 폭에는,

밀대에 알 배이고
제비새끼 팔팔 난다
남쪽 동산에
석류꽃 피었세라
푸른 사창에 홀로 앉아
길쌈하는 저 아가씨
붉은 비단 베어내어
새 치마를 장만하네
매화 열매 익어가고
가는 이는 오락가락
꾀꼬리 울고나서
제비도 드나드네
이 봄은 간곳 없고
풍경 또한 낡았고나
나리꽃 떨어진 후
피리 소리 안 들리네
살구가지 휘어잡아
꾀꼬리나 때려 볼까
남쪽 창가 바람일고
햇빛마저 더디구나

44

연꽃 잎새 향내 풍겨
연못의 물은 찬데
푸른 물결 깊은 곳에
원앙새 노는구나
푸른 등 대방석에
물결인 양 이는 바람
소상강 그린 병풍
한 봉우리 구름 뿐을
낮 꿈 깨련마는
고달픈 채 그냥 누어
반창에 비낀 햇발
서쪽으로 기우려네

그 셋째 폭에는,

소슬한 가을 바람
이슬을 머금었네
달빛도 고웁다만
물결조차 푸르고녀
기러기 돌아갈제
구슬픈 그 목소리
다시금 들으련다
금정에 지는 오동잎 소리를
상 밑에 우는 벌레

그 소리 처량토다
상 위의 아가씨는
눈물겨워 하는고야
머나먼 싸움터에
몸을 버린 님이시여
옥문관(중국의 땅 이름) 오늘 저녁
달빛 또한 희고 희리
새 옷을 마르려니
가위조차 서늘하이
낮은 소리 아이 불러
다리미 가져오라
불 꺼진 다리미라
쓸 곳이 전혀 없어
가만히 피릿대로
꺼진 재를 헤쳐 보네
연꽃은 다 피었나
파초 잎도 싯누렇다
원앙 그린 기와 위엔
새 서리가 사뭇 젖어
새 원한 묵은 수심
애닯다 어이 하랴
동방은 깊고 깊어
귀뚜라미 왜 우느냐

그 넷째 폭에는,

한 가지 매화 가지
창을 향해 비겼거늘
서랑에 바람 불고
달빛 더욱 밝을시고
화롯불 헤쳐 보라
삭아지지 않았느냐
아이야 이리 오라
차 좀 다려 오려므나
밤 서리에 놀랜 잎새
자조 자조 펄럭이고
돌개바람 눈을 불어
골방으로 들어올 때
속절 없는 한 생각이
님 그리움 뿐이로다
빙하가 어디메뇨
멀고 먼 옛 전쟁터
창앞에 붉은 해요
봄빛처럼 화창하고
수심에 잠긴 눈썹
졸음 구태 따르누나
화병에 꽂은 매화
필락말락 하였고나

부끄럼 머금고서
말없이 원앙수를 놓다니
소슬한 서리 바람
북쪽 숲을 스치는데
처량한 찬 가마귀
달 맞아 슬피 우네
가물거리는 등불 앞에
님 그리는 눈물이야
님 생각 솟는 눈물
바늘 귀에 떨어지네

한편에는 따로이 별당 한 채가 있는데 매우 깨끗하고 장막 밖에는 사향을 태우는 냄새가 풍겨오며, 찬란한 비단 이부자리가 펴져 있었다. 이생은 아가씨와 인생의 즐거운 운우의 재미를 마음껏 즐기면서 며칠이나 거기에 머물렀다.

어느날, 이생이 여인을 향하여 말하기를,

"성인이 말씀하시기를 부모를 모신 이가 밖에 나가면 반드시 거처를 바로 말씀 드려야 할 것인 즉 집 나온지 사흘이나 지났는지라, 어버이께서 문을 여시고 매일 내가 돌아올 것을 기다리고 계실 것이니, 이것이 어찌 아들된 도리이리요."

하니, 여인이 측은히 여기며,

"그리하오이다."

하고 담을 넘겨 보내주었다.

이로부터 이생은 그곳에 가지 않는 날이 없었다. 그런던 어느날

저녁 이생의 부친이 꾸지람을 하여 가로되,

"아침에 나가서 저녁에 돌아옴은 성인의 참된 말씀을 배우려 함이
지만, 너는 항상 저녁에 나가서 아침에야 돌아오니 도대체 무슨
일을 하관대 그러하냐? 아무래도 경박한 자의 행실을 배워 남의
집 담을 뛰어 넘어 다니는 것 아니냐? 이런 일이 만 일 세상에
알려지면 남들은 모두 자식 교훈함이 엄하지 못하다 할 것이요,
그리고 또 처녀도 양반의 딸이라면 너 때문에 문호를 더럽힐 것이
니, 남의 집에 누를 끼침이 적지 아니 할 것이니, 빨리 영남 농막으
로 일꾼을 데리고 내려 가서 다시 돌아올 생각은 하지 말아라…"

그리하여 이튿날 경상도 울주(蔚州:지금의 울산)로 내려갔다.
여인은 매일 저녁 꽃동산에서 기다리었으나 두어 달이 지나도록 낭군
이 다시는 돌아오지 아니하자 드디어 상사의 일념으로서 낭군이 병에
걸려 몸저 누운 것이 아닌가 하고 향아를 시켜 몰래 이생의 이웃집
사람에게 물어보게 하였더니 그 대답인 즉,

"저런,이도령은 그 아버지께 죄를 얻어 영남으로 내려간 지가 몇달
이나 되었지요."

이 소식을 전해 들은 최씨는 병이 나서 몸저 눕게 되어 일어나지
못하고 물 한 모금 입에 대지 아니하여 형모는 점점 초췌하여 갔다.
그의 부모는 크게 놀라 병의 증세를 물으나 최씨는 여전히 아무런
대답이 없었다. 하루는 부모가 옆에 있는 대바구니 속에서 이생과
함께 주고 받은 시를 발견하고서 그제야 무릎을 치면서 또 한 번
놀라지 아니할 수 없었다.

"아아! 여보 잘못했다가는 귀여운 딸을 그냥 잃어버릴 뻔 하였구
려!"

하고는 그 딸에게 물었다.

"얘 아가, 이생이란 누구냐? 모든 것을 솔직히 나에게 다 말하여라."

일이 이쯤에 이르니 여인은 숨기지 못하고 목소리를 겨우 내어 이생과 사귄 전말을 모두 털어 놓았다.

"아버님, 어머님, 깊으신 은덕 앞에 어찌 추호인들 숨길 수 있으리까. 가만히 생각해 보니 남녀의 교제는 인정이 흐르는 바 이므로 이에 대한 경계의 말씀이 한 두 가지가 아닌 것도 알고 있습니다. 저와 같이 가냘픈 몸으로서 뒷일을 생각함이 없이 남에게 웃음을 살 방탕한 행실을 행하였으니 죄가 이미 크오며 또한 저의 집 문호를 더럽힌 것이오나, 이생을 한 번 여윈 뒤로 원한에 쌓여서 쓰러지게 된 나약한 이 몸이 맥없이 홀로 있으며, 그이 그리운 생각이 날로 깊어가고 병세는 나날이 위중하여 죽을 지경에 이르렀사오니, 아버님과 어머님께서는 소녀의 소원함을 쫓으시와 저의 나머지 목숨을 보전케 하여 주옵소서. 만일 그렇지 않으면 비록 죽을지라도, 이생을 지하에 따르겠사옵고 맹세코 다른 이의 문중에 시집가지 않겠나이다."

부모님은 이에 딸의 뜻을 알고 다시는 병의 증세를 묻지도 아니하고, 또한 경책하며 달래어 그 마음을 흐뭇하게 하여 놓고, 중매의 예를 닦아 이씨 집에 보내었다. 이씨는 우선 최씨의 문벌을 물은 뒤에 말하되,

"우리 아이가 비록 나이는 어리고 바람이 났다 하더라도 학문에 정통하고 풍채가 유다르니, 장래에 대과에 급제하여 명성을 날릴 것을 바라고 있는데, 어찌 함부로 빨리 혼사를 이루리오."

중매장이가 곧 돌아와 이 말을 전하자, 이에 최씨는 다시 중매를 보내면서 일러주기를,

"한때 여론에 의하건대 귀댁 도령님의 재화는 향리에 뛰어났다 하오니 지금은 비록 묻혀있다 할지라도 장래에는 반드시 현달할 날이 있으리니 하루 속히 만복(萬福)의 날을 가리어 이성(二姓)이 합하여 즐김이 있기를 바라오."

중매장이 또한 이 말을 이생의 부친에게 고하니 이생의 부친이 말하기를,

"나도 젊었을 때는 학문을 즐기었으나, 늙어도 이루지 못하여 노비들은 흩어지고, 친척의 도움도 없어 살림이 곤궁하온데, 양반댁에서 무엇을 보고 빈한한 선비의 자식을 취하리오. 아마 일 좋아하는 이가 나의 문법을 속이어 귀댁의 총명을 어둡게 함이 아니리까."

중매장이 돌아와 고하니 최씨는 또 중매장일 또 보내어 일렀으되,

"모든 예물과 의복은 저희 쪽에서 전부를 판출할 것이오니 다만, 길일을 가리어 화촉의 예를 올리심이 어떠하오리까?"

이씨로도 이 간절한 뜻을 꺾을 길이 없어 곧 사람을 울주로 보내어 아들을 돌아오게 하였었다. 이생은 속으로 터질 듯한 기쁨을 이기지 못하여 시 한 수를 읊었으되,

깨진 종이 둥글다더니
만날 때가 있는 건가
은하의 오작인들
이 가약(佳約)을 모를 건가
이제사 월노홍삼

굳게 굳게 매어지어
봄바람 불어 댈제
두견새를 원망하랴

  오랫 동안 이생을 그리워하여 거의 상사의 병에 지쳤던 최씨는
이 소식을 듣고 병도 점차로 나아서 기쁨의 시 한 수를 지으니,

악인연이 호인연인가
옛맹세 이루려네
어느날 님과 같이
꽃가마를 타고 가랴
시녀야 날 일으켜라
비녀 챙겨 보리라

  이에 길한 날을 가리어 드디어 혼례를 정하고 부부는 환락케 되었
다. 그로부터 두 부부는 서로 사랑하고 공경하기를 나그네 대접함과
같이 하였으니 비록 옛날의 양홍(梁鴻) · 맹광(孟光)과 같은 사람일
지라도 그 절개를 따를 수 없었다. 그 다음 해에 이생은 대과에 급제
하여 높은 벼슬길에 오르니, 그의 명성이 일세에 드날렸다.
  이윽고 신축년(고려 공민왕 10년 서기 1761년)이 되자 홍건적
(紅巾賊)이 서울을 점령하게 되었는데, 상감께서는 복주(福州 : 지금
의 안동)로 파천하신 뒤 오랑캐들은 서울의 건물을 파괴하고 인축
(人畜)을 전멸하여 가족과 친척은 동 서로 유리 이산하게 되었다.
이때 이생은 가족과 함께 산골짜기로 숨게 되었는데 오랑캐 한놈이

칼을 가지고 쫓는지라, 그는 도망하여 겨우 죽음을 면하였으나 오랑
캐에게 잡혀 정조를 빼앗기게 되자 최씨는 크게 꾸짖어 가로되,

"이 창귀놈아! 나를 범하겠다고… 내 차라리 죽어서 시랑(豺狼)
의 밥이 될지언정 어찌 개새끼 같은 놈의 짝이 될 수 있을까보냐."

놈들은 대로하여 최씨를 죽여 버렸다.

이생은 황야를 헤매다가 근근이 여명(餘命)을 보전하여 살아 있다
가 도적들이 이미 멸망해 돌아갔다는 말을 듣고는 드디어 부모의
옛집터를 찾으니 자기의 집은 병화에 타 버리고 황폐하여 졌으며
또한 처갓집에 가서 보니, 그 집 역시 가옥이 황량하고 쥐와 새의
울음만이 들리어 올 뿐이었다. 이생은 슬픔을 이기지 못하여 작은
다락에 올라가 눈물을 흘리며 탄식하고 날이 저물때 까지 쓸쓸히
홀로 앉아 옛일을 생각해 보니, 그것은 구슬픈 한바탕 꿈이었다.

거의 이경이 되어 가매 달빛이 희미해 오고 집안이 희끄므레 밝아
오는데 점차로 복도에서 사람의 인기척과 가느다란 발자욱 소리가
들려왔다. 말소리는 먼데서부터 점차로 가까이 들리어 오더니 가까이
이른지라 누군가 하고 바라보니, 그는 죽은 최씨가 분명하였다. 이생
은 이미 그가 이 세상 사람이 아닌 것을 알았지만, 그를 사랑하였므로
다시 의심할 여지가 없었다. 얼마 후 반가움을 진정하고 물어 가로
되,

"어느 곳에 피신했길래 목숨을 온전히 할 수 있었소?"

여인은 이생의 손을 잡고 한바탕 크게 통곡하더니 정이 어린 음성
으로 말하는 것이었다.

"저는 본시 양반의 집 딸로 태어나 어머님의 자애어린 훈도를 받고
수놓기와 침선에 힘썼으며 시서와 인의를 배워 자못 규문안의 일만

을 알았을 뿐인데, 어찌 외방 세계의 일을 알 수 있으리오. 마침
당신께서 복사꽃 핀 담장 위를 엿보실제, 저는 스스로 벽해(碧海)
의 구슬을 드려 꽃 앞에서 한 번 웃고 평생 해로의 은혜를 맺어
깊은 장막 속에서 거듭 만날 때에 또한 정분은 백년이 넘치는 것이
었습니다. 말이 이에 미치자 슬프고 부끄럼을 어찌 이길 수 있겠나
이까? 장차 백년 해로의 날을 누리려 하였더니, 불우의 횡액을
만나 마침내 도적놈에게 정조를 잃지는 아니했으나, 육체는 사방에
찢기어 흩어지게 되었사오니 절개는 중하고, 목숨은 가벼워 해골을
황야에 던졌으나, 혼백을 의탁할 곳이 없으니 고요히 옛일을 돌아
다 볼 때, 한탄한들 무슨 소용이리까. 그대와 그날 골짜기에서 이별
한 뒤, 저야말로 한마리 짝 잃은 새가 되었던 것입니다. 이제 봄빛
이 깊은 골짜기에 돌아오고, 인생은 이승에 다시 태어나서 맺은
인연을 거듭 맺어 전날의 굳은 맹세를 헛되이 않으려 하오니, 만일
잊지 않으셨다면 저와 함께 해로하심이 어떠 하오리까?"
이생은 기쁨이 가슴에 넘쳐 말하기를,
"그것은 내가 진실로 원하는 바이오,"
하고, 서로가 막혔던 회포를 풀고 재미있게 수작하였다. 이야기가
양가의 가산이 도적에게 약탈되고, 그 유무(有無)에 미치자 여인이
말하기를,
"한 푼도 잃지 아니하였습니다. 아무 산 아무 골짜기에 묻어 두었
으니 무슨 염려가 있으리까"
"그러면 양가 부모님들의 시체는, 어디에 있소."
"할 수 없이 아무 곳에 버려 두었습니다."
두 사람은 이날 밤 이야기에 깨가 쏟아지다가 밤이 깊으매 함께

동침하여 부부의 재미가 예전과 조금도 다를 것이 없었다.

　이튿날 이생은 아내를 데리고 그 재물을 묻어둔 골짜기로 가서 파 보니 과연 금은보화가 그대로 있었고, 또한 양가 부모님 해골도 수습하여 각각 오관산(五冠山 : 송도 북부 십방의 하나) 모퉁이에 합장하여 드리고 나무를 심어 제사를 지내고 모든 예식을 마쳤다.

　그 후로 이생은 벼슬을 사직하고 다만 최씨부인을 극진히 사랑하여 함께 사는 것으로 낙을 삼았다. 그러는 사이에 집안에서 부리던 종들도 다 돌아오고 이로부터 이생은 인사(人事)에 게으르며 비록 친척이나 친구일지라도 접하지 않으며 길흉간에 두문불출하고 항상 최씨와 함께 시귀(詩句)를 주고 받으며 금술의 화락을 즐기었다.

　그럭저럭 수년의 세월이 흘러갔다. 어느날 저녁 최씨가 이생에게 말하기를,

　"삼생의 인연이 이제 장차 끝나게 되었으니 슬픈 생각을 어찌 하리오."

하고, 구슬피 우는 것이었다. 이생이 놀라 묻기를,

　"그게 웬 말이오?"

　여인이 대답하여 가로되,

　"저승의 명을 가히 거역할 수 없어 그러하오이다. 옥황상제께서 저를 특별히 어여삐 여겨 당신과의 인연이 아직 남아 있을 뿐 아니라, 또한 아무런 죄가 없었음을 동정하시어 거짓 환체(幻體)로써 당신의 그 애끓는 가슴을 잠시나마 메꾸어 드리고저 한 것이니, 인간세상에 더 이상 오래 머물 수는 없는 노릇입니다. 더구나 산 사람을 어찌 유혹하오리까?"

하고, 여종을 불러 술을 가져오게 하여 이생에게 권하더니 옥루춘

(玉樓春) 한 가락을 읊으며 이생을 위로하였다.

  난리 풍상 몇몇 핸가
  피비린내 절로 나네
  구슬 깨지고 꽃은 떨어져
  짝 잃은 원앙이여
  남은 해골 뒹구는데
  묻어 줄 이 어이 없네
  피투성이 변한 혼백
  뉘와 함께 하소하리
  슬프도다 이내 신세
  비구름 된단 말가
  깨뜨린 종이지만
  이제 다시 나뉘려니
  이제 한 번 이별하면
  님 뵈올 날 아득하다
  망망한 천지 사이
  소식조차 끊일 것을

  노래 한 소리에 눈물은 몇몇 줄기인지 곡조를 거의 이루기 어려웠
다. 이생 역시 그 구슬픈 정경을 견딜 수 없어 말하되,
  "내 차라리 낭자와 더불어 함께 죽어 저승으로 갈지언정, 어찌
가히 무료히 홀로 살아 남아서 구질구질한 목숨을 유지하리요.
요즈음 난리를 치룬 뒤에 친척과 노복이 흩어지고, 돌아가신 어버

이 해골이 들판에 버려졌던 것을, 그대가 아니면 누가 가르쳐 주었으리까. 옛 성인의 말씀에 어버이 계실 적에 예로 섬길 것이오며 돌아가신 뒤에도 예로 장사할 것이라 하였는데, 이제 당신이 모두 실천하였으니 내 감사의 뜻을 마지 않는 바이오. 아무쪼록 당신은 인간 세상에 오래 남아 백년낙을 누린 후에 함께 진토가 되어 묻힘이 어떠하오?"

"네! 당신 수명은 아직 남음이 있사오나 저의 목숨은 이미 끝장이 났나이다. 만일 굳이 인간에 미련을 갖는다면, 법령에 위반되어 제게만 죄책이 내려질 뿐 아니라 당신에게도 누가 미칠까 염려되옵니다. 다만 저의 깨진 해골이 아무 골짜기에 흩어져 있사옵니다. 만일 은혜를 거듭하시와 저의 유골을 거두어 주신다면 더욱 고맙겠나이다."

서로 부여 안고 울기 얼마 후에 이생이 최씨를 바라보니, 그 말소리는 점점 가늘어져 가고 그 형체는 점차로 자취가 없어지는 것이었다. 이에 이생은 할 수 없이 아내의 지시대로 그 골짜기로 가서 여인의 흩어진 뼈를 모아 어버이 곁에 묻어 주었다. 장사를 끝내고 이생은 하루같이 아내를 생각하다가 병을 얻어 두어달 만에 일어나지 못하고 죽으니 듣는 이 그들을 감탄치 않는 사람 없으며 그 의(義)를 중히 여기었음을 사모치 않는 이 없었다.

3. 취유부벽정기(醉遊浮碧亭記)

평양은 옛 조선의 서울이었다. 주무왕(周武王)이 은(殷)을 이기고 기자(箕子)를 방문했을 때, 기자는 홍범구주(洪範九疇 : 주서의 편명)의 법을 말하였으므로 주무왕은 기자를 이 땅에 봉하였으나 특별히 우대하여 신하의 대우를 하지 아니 하였다.

이곳의 명승지로는 금수산(錦繡山) 봉황대(鳳凰臺) 능라도(綾羅島) 기린굴(麒麟窟) 조천석(朝天石) 추남허(楸南墟) 등의 고적이 있는데 영명사(永明寺) 부벽정(浮碧亭)이 그 중 하나임은 다시 말할 것도 없다.

영명사는 곧 고구려 창시자인 동명성왕의 구제궁(九梯宮 : 동명성왕의 궁 영명사 안에 있음)으로서 성 밖으로 동북쪽 이십리 쯤 되는 곳인데, 대동강을 내려다 볼 수 있으며 백리 평야를 바라볼 수 있어 일랑 무제한 경개는 참으로 제일 강산이 아닐 수 없었다. 그림 같은 상선(商船)들은 저문 날이면 대동문(大同門 : 평양의 동문)밖 유기(柳機 : 버들 숲속 고기 낚는 돌)에 닿아 의례이 강물을 따라 올라 이곳을 구경케 되어 있었다. 부벽정 남쪽에는 돌로 쌓은 사닥다리가 있는데 왼편은 청운제(青雲梯)라 돌로 글자를 새겼고 오른쪽에는 백운제(白雲梯)라고 돌에 새겨 화대대(華臺臺)를 세워 구경꾼의 흥미를 돋구었다.

정축년(丁丑年 : 단종이 승하한 해)에 개성 사는 부잣집 아들 홍생(洪生)은 나이 젊으며 얼굴이 아름답고 그 외에 글을 썩 잘하였다. 팔월 한가윗 날을 맞이하여 친구들과 함께 포백과 면사를 평양 저자에다 팔려고 배에 싣고 강가에 대었을 때 성중에서 구경나온 기생들은 홍생을 보고 아양을 떨며 농짓을 하였다. 그때 성중에는 이생(李生)이란 친구가 있어 홍생을 위하여 크게 술자리를 벌리였는데, 이윽

58

고 술이 취하여 배를 되돌리게 되매 밤의 날씨가 대단히 서늘하여
잠들 수가 없었다. 그때 문득 옛날의 당나라 시인 장계(張繼)가 지은
「풍교야박」(楓橋夜泊)의 시를 생각하매 맑은 홍취를 진정할 수 없
어, 조그만 배를 잡아 타고서 배에 그득 달빛을 싣고 노를 저으며
대동강 물을 따라 거슬러 올라가니, 이내 부벽정 아래에 당도하였
다. 배를 갈대밭에 매어 두고 사닥다리를 밟으며 올라가 난간을 비겨
낭낭히 시를 읊는 것이었다.

　때에 달빛이 휘황하여 흐르는 빛이 마치 큰 바다와 같고 물결은
흰자치요, 기러기는 모래사장에서 울며 두루미는 송로(松露)에서
우나니 늠름한 기상이 옥황상제 계신 곳에 나온 듯한 느낌이었다.
그리하여 옛 도읍을 돌아다보니 내긴 외로운 성에 물결만 찰싹거릴
뿐이니, 고국의 홍망을 탄식하여 시 여섯 수를 지어 잇달아 읊었으
되,

　　못내 부벽정에 올라
　　시를 읊으니
　　강물 소리는 흐느끼어
　　애끓는 듯하여라
　　고국은 어디메냐
　　영웅호걸 자취 없고
　　거친 성터 아직까지
　　봉황의 형상을 띠었고녀
　　모랫가에 달빛이 흰데
　　돌아가는 기러기 울고

풀 속엔 내 걷히어
반딧불이 날고 있다
세상 일은 변하고 갈리어
쓸쓸한 풍경 뿐
한산사 깊은 곳에
은은한 종소리 뿐
님 계시던 구중 궁궐
가을 풀만 쓸쓸하다
갈수록 아득하다
높은 바위 구름길을
청루는 어디멘고
자취 없이 쓸쓸하고
담 너머 남은 달에
까마귀만 우지지네
풍류는 간 곳 없고
진토만 남았도다
적막하고 외로운 성에
가시덤불 무성하이
물결 소리만이
옛일 인양 울어 댈제
밤낮으로 쉬임 없이
바다로만 향하니
대동강 푸른 물이
쪽빛보다 더 푸른데

천고의 흥망성쇠
한탄한들 무엇하랴
금정에 물 마르고
담장이만 둘러쳤네
타향의 좋은 풍광
품에 그득 한아름 시(詩)
고국의 옛 정회가
술만 더욱 마시게 하네
밝은 달 난간 위에
잠 못드는 이 한 밤을
계수나무 밤 깊어라
매운 향기 풍겨난다

오늘이 한가위라
달빛은 휘황하다
외로운 옛 성터를
바래느니 슬픔일 뿐
기자묘 옛 무덤에
키 큰 나무 늘어서고
단군 모신 사당 벽에
담장이 얽혀 있네
영웅 호걸 자취 없다
어디로 갔다던고
초목만 의희한데

몇몇 해나 되었던고
그 속에 옛모양 고운 달이
맑은 빛만 흘러 내려
손의 옷에 비쳐 주네
동산에 달 떠온다
까마귀 나는구나
밤 깊어 차거운 이슬
남의 옷을 적시누나
천년의 문화예술
그 모습 간 데 없고
산천은 벽해 되어
성 자취 바이 없네
님은 어이 안 오시나
하늘로 오르셨나
인간에 끼친 이야기
뉘와 함께 의논하리
누른 수레 기린 타고
가신 흔적 바이 없고
풀 우거진 옛길 위에
스님 홀로 돌아가네
찬 이슬 내리누나
산천 초목 시들겠다
청운교 백운교가
우뚝우뚝 서 있어라

수나라 병졸들이
우는 여울 구성지네
임금님 남은 영혼
가을 매미 되었던가
그 님 다니던 길
자취마저 없어졌네
행궁에 나무 서고
저녁종이 처량해라
높은 다락 올라 서서
뉘와 함께 시를 읊나
맑은 바람 밝은 달에
이는 흥취 가이 없다

홍생은 시 읊기를 마치고 손바닥을 치면서 춤을 추기 시작하였다. 매양 한 수를 읊고는 슬픔을 이기지 못하여 소리 내어 탄식할새 비록 통소와 노래의 유창한 화답은 없다 하더라도 그 마음 속의 감개는 족히 깊은 골짜기의 용을 춤추게 할만 하였으며 외로운 배 위에 쓸쓸한 여인의 간장을 울릴만 하였다. 읊기를 다 마치고 돌아오려 할 때 밤은 이미 깊어 사경에 임박하였다.

그때 문득 가벼운 발소리가 서쪽으로부터 나니, 홍생은

'나의 시 읊는 소리를 듣고 절의 스님이 찾아 오는가보다……'

하고 예사로 앉아 있는데 가만히 바라보니 곱고 아름다운 한 여인이 나타나는 것이었다. 여인을 모신 아이가 좌우로 따르는데 그 중 한 아이는 옥으로 만든 파리채를 가지고 있었고, 한 아이는 비단 부채

를 가져 위의가 단정하고 행동이 귀갓댁 처녀와 흡사하였다. 홍생은
뜰 아래로 피하여 담 틈으로 그들의 행동을 감시하고 있었다. 그때
아가씨가 남쪽 난간에 의지하여 흰 달을 쳐다보면서 가만히 시를
읊는데 그 풍류의 태도가 엄연하여 조금도 문란하지가 않았다. 그때
시녀가 비단 방석을 펴 드리매 여인이 다시금 명랑한 음성으로 말하
기를,

　　"여기서 방금 시 읊는 소리가 나더니 어디로 가시었나? 나는 무슨
　　요물 따위도 아니요, 다만 아름다운 저녁을 맞이하여 구름없는 긴
　　하늘에 달이 솟고 은하수 맑은 물에 백옥루 차가우니 계수 그림자
　　비낀 이때 한 잔 마시고 한 번 읊어서 그윽한 정회를 펴보며 좋은
　　이 밤을 보내는 것이 어떠리까?"

　　홍생은 그 말을 듣고 한편 두려운 생각도 있고 기쁘기도 하여 어찌
할까 주저주저하다가 기침소리를 에헴하고 내니 여인이 시녀를 시키
어 홍생에게 말을 하기를,

　　"아가씨의 명을 받들어 모시고저 하옵니다."

　　홍생이 시녀 뒤를 따라 나아가 절을 하고 꿇어 앉으니 아가씨는
공손한 태도도 없이

　　"그대로 이리 오르시라"

하고는, 시녀를 시켜 낮은 병풍으로 앞을 가리우고 다소 반쯤 서로
얼굴을 보고 조용히 말하기를,

　　"그대가 지금 읊는 시는 무슨 시인가요? 나를 위하여 한 번 읊어
　　주실 수 없겠소."

　　홍생이 일일이 외워 읊으니 아가씨가 저윽이 웃으며,

　　"그대와 더불어 가히 시를 의논할 수 있겠도다."

하고는, 시녀를 시켜 술을 드리게 하니 그 산해 진미가 인간세계의 그것이 아니었다. 먹으려 하나 너무 딱딱하여 먹을 수가 없고 술맛도 써서 마실 수가 없었다.

여인이 빙긋 웃으며,

"이 세상의 사람이 어찌 백옥례(白玉醴 : 선인이 마시는 술)와 홍규포(紅虬脯 : 용의 고기로 만든 포)의 맛을 알 수 있으리요. 애야 빨리 신호사에 가서 절밥을 좀 얻어 가지고 오너라"

시녀가 명을 받아 가더니 눈깜짝할 사이에 절밥을 얻어 가지고 돌아왔다. 반찬이 없으므로 또한 시녀에게 명하여 주암(酒巖)에 가서 반찬을 얻어 오라 하니 시녀가 간지 잠깐 후에 또 다시 돌아왔는데 잉어적을 갖고 왔다. 홍생이 그것을 먹는 사이에 여인은 이미 홍생의 시를 화답하여 계전(桂箋)에 써서 시녀를 시켜 홍생에게 주니, 그 시에 하였으되,

동쪽 정자 오늘 밤에
명은도 교교할사
그대와의 맑은 이야기
슬기도 많사외다
의희한 나무 잎새
푸른 일산 편듯 하고
강물결 흐르는 양
흰자치를 둘렀는 듯
세월은 흘러가서
나는 새와 같이 빨라

세상 일 허무하여
흐르는 물 흡사하다
이날 밤의 쌓은 정한
그 뉘 있어 알아 주랴
깊은 숲에 종소리는
은은히 들려 오네
옛성에 올라 보니
대동강이 어디메뇨
물 푸르고 맑은 모래
기러기 떼 우짖는다
기린은 오지 않고
고운 님 여읜 뒤에
통소 소리 끊어지고
빈 무덤만 남았구나
개인 뫼에 비오려나
내 시는 이루었네
외로운 절간 고요한데
술에 건들 취해 있어
숲속에 빠진 동타
가련한손 참아보랴
몇천년 흥망성쇠
뜬 구름 되단 말가
풀 밑에 슬피우는
쓰르라미 소리인데

이 다락 오른 날에
님 생각 아득하다
그친 비 남은 구름
지난 일이 슬프구려
떨어지는 꽃 흐르는 물
이 시절을 느껴웁네
가을이라 조수 소리
더욱 더욱 쓸쓸코녀
물에 잠긴 저 다락이
달빛마냥 처량해라
아서라 이곳이 정녕
한 옛날의 번창턴고
거친 성터 늙은 나무가
남의 간장 녹이느니
금수만 앞이러냐
아름다운 이 강산을
단풍입 고울새라
옛 성터 비치는데
가을 밤 다듬이 소리
유난히도 들리누나
고깃배 돌아오네
어기어차 한 가락에
바위에 바낀 고목
담장에 얽혀 있고

숲속에 누운 비석
푸른 이끼 끼었구나
말 없이 난간 비껴
옛 병사 돌아보니
달빛도 물소리도
모두 다 처량해라
성긴 별 몇몇 개냐
하늘나라 비취이고
은하수 맑고 엷어
달은 정녕 밝을세라
알괘라 그 옛 일이
한바탕 꿈이려니
저승을 기약하랴.
이승에서 만나보게
술 한 잔 가득 부어
취해본들 어떠하리
풍진에 삼척 칼을
마음에 이어 두랴
만고의 영웅호걸
한줌의 진흙인걸
세상에 남기 것은
헛된 이름 뿐이로세
이 밤이 어이 됐나
밤은 정녕 깊었구나

당장 위에 걸린 저 달
오늘 밤도 둥글련만
이 세상을 떠나려네
님은 어이 하시려오
한없는 즐거움을
나와 함께 누리리라
강 위의 다락에서
사람들은 흩어지네
섬돌 아래 나무들은
이슬 담겨 기뻐할제
묻노라 어느 때에
님을 만날 기약 있나
봉래산 복숭아 익고
벽해가 마른다네

홍생은 그 시를 보고 무한히 기뻤으나 그가 되돌아갈까 저어하여
이야기로써 만류코자 하였다.

"감히 묻노니 그대의 성명과 족보를 알려 주실 수 없사오리까?"
아가씨가 탄식조로,

"아아, 이 몸은 그 옛날 은왕(殷王)의 후예요. 기자의 딸로서 우리
선조가 이곳에 봉하여 모든 예법과 정치를 한결 같이 성탕(成湯)
님의 유훈에 따라 팔조(八條)의 금법을 세웠음으로 문화의 빛이
천 여년 뻗히었는데, 하루 아침에 멸망하기 시작하여 재앙과 환난이
겹치어 아버지는 필부의 손에 죽는 바 되고 드디어 위만(衛滿)이

그 틈을 타서 임금의 지위를 도적질하매 나라를 잃게 되니, 저와 같은 약질은 그 때에 절개를 잃지 않으려고 죽기로써 맹세하였더니 때마침 한 거룩한 선인이 나타나 나를 어루만지시며 말하기를, '내 몸이 이 나라의 시조로서 부귀를 누린 뒤에 바다섬에 들어가 선인이 된 지 이미 수 천년이라, 그대는 곧 나를 따라 상계(上界)에 올라 즐거이 노는 것이 어떠하냐?'

하기로, 내가 곧 그 말을 허락 하였더니 그 분은 나를 이끌어 자신이 살고 있는 곳에 이르러 별당을 지어 나를 대접하고 또 나에게 삼신산(三神山)의 불사약(不死藥)을 주셨사옵니다. 이 약을 먹은 뒤 얼마 후에 몸이 가벼워지고 기운이 샘솟으니 공중에 높이 떠서 우주를 굽어보며 세계의 명승지를 빠짐없이 유람할제, 어느날 가을 하늘이 깨끗하고 달빛이 유달리 밝은지라 홀연 어디 멀리 가고 싶은 생각이 나서 드디어 달나라에 올라 광한루와 청허의 집을 구경하고 항아(姮娥)의 수정궁(水晶宮)안에 방문 하였더니 항아는 내 절개가 곧고 글월에 능하므로 꾀어 말하기를,

'인간 세상에도 명승 경개가 없는 것은 아니나 풍진이 어지러우니 어찌 청천에 한 번 솟아 흰 난새를 타고 맑은 향내를 계수에 받으며 옥경에 어정대고 은하에 목욕함과 같을 수 있느냐?' 하고 곧 향안(香案 : 옥황상제앞에 향을 놓은 상)의 시녀를 삼아 좌우에 모시게 하니 그 즐거움을 무엇으로 형용하랴. 오늘밤에 문득 고국 생각이 간절하여 하계의 인간을 굽어보니 산천은 옛같으나 인물이 자취 없고 명월은 내를 덮고 백로는 티끌을 씻은지라 이에 옥경을 간직하고 가만히 내려와서 조상의 무덤에 성묘하고 부벽정에 거듭 올라 시름을 보내고 있다가 마침 그대를 만나니 한없이 기쁘고

한편으로는 부끄럽기도 하오. 더욱 둔한 재주에 좋은 시를 화답하
니 시라 일컬으기 곤란하나 대강 품은 뜻을 폈을 따름이요."
홍생이 두번 절하고 머리를 조아려 말하기를,
"인간의 선비가 우매하여 초목과 함께 썩음이 마땅하온데 어찌
갸륵하신 선녀님과 시부를 응할 줄이야 꿈엔들 뜻하였으리까?
인간세계 모든 것을 청산치 못한 이 사람은 주시는 주식도 먹지
못하고 대강 글자를 알 정도로 내리신 시를 보오니 다시금 「강정추
야 완월(江亭秋夜玩月)」로써 제목을 삼아 사십운(四十韻)을 지어
제게 가르쳐 주심이 어떠하오리까?"
여인은 허락하고 붓을 들어 한 번 쓰매 마치 구름과 내가 한데
어울리 듯 막힘이 없었다.

　　부벽정 달 밝은데
　　높은 하늘에 옥로는 내려
　　맑은 빛 흐르는 양
　　은하에 잠겼세라
　　희고 맑은 삼천리에
　　아름다운 십이루를
　　가는 구름 한 점 없고
　　맑은 하늘 눈에 닿네
　　흐르는 강물 위에
　　배는 홀로 떠서 가고
　　다북과 풍석 갈꽃 물갓
　　짝지어 찾아오네

예상곡을 들으려나
옥토끼로 깎았던고
금조개로 집을 짓고
탑 그림자 잠겼세라
지미(당인 조지미 도술이 있었음)와 구경할까
공원(나공원을 일컬음)과도 놀아보자
까치는 놀래 날고
한소조차 헐떡이네
은은한 곳 청산이요
둥글둥글 창해 위에
님과 함께 거닐리라
주렴 고리 높이 걸곤
이 태백 술잔 멈춰
오강(吳剛 : 늘 옥도끼로 계수 나무를 깎는다고 함)은
나무 깎다
찬란한 비단 병풍
수놓은 휘장 치고
보배 거울 걸어 놓고
얼음 바퀴 구우를제
금물결은 묵묵한데
은하수도 유유하네
금두꺼비 베히려나
옥토끼를 사냥할제
먹 하늘 활짝 개고

인간에는 내 녹았네
숲에 솟은 남목 나무
깊은 못을 굽어보고
먼 길에 갈 길을 잃고
고향 친구 만났어라
좋은 시절 좋은 때에
좋은 술을 주고 받아
아껴 보세 이 세월을
취토록 마셔 보자
화로 속에 까만 숯불
게 끓이는 남비여라
용미봉탕 맛을 보나
항아리에 그득하네
외론 솔에 학은 울고
사벽에는 귀뚜라미
높은 상에 말 끝나자
먼 물가에 노닐 것을
거친 성은 희미하고
우는 앞도 쓸쓸코나
푸른 단풍 누른 갈대
황량키도 그지없네
선경은 가없이 넓고
인간 세상 세월 빨라
벼 익은 옛궁터요

고목 우거진 들 사당에
남은 자취 비석 인가
흥망 성쇠 물어 보자
저기 나는 저 백구야
맑은 빛이 몇 번 찼고
인생이란 하루살이
옛님 살던 높은 궁전
절터로 바뀌이고
고운 님 찾을 길 없어
깊은 숲 가린 휘장
반딧불만 번득인다
옛일이 슬프다만
오늘 수심 어이할꼬
목멱산은 단풍 터요
기자 여기 오단 말가
굴 속에 무엇 있나
기린 자취 분명코나
들판에서 주은 물건
숙신씨의 화살이라
직녀는 용을 타고
문사 또한 붓을 멈춰
고운님 가시려나
곡조 끝나 흩어지네
바람은 고요한데

놋소리만 쓸쓸코나

여인은 쓰기를 마친 뒤에 붓을 던지고 공중에 높이 솟아 간 곳이
없고 다만 그의 시녀를 시켜 홍생에게 말을 전하였으되,
"옥황상제님의 명령이 지엄하시어 나는 곧 노새를 타고 돌아가니
그대와 더불어 청담(淸談)을 더 하지 못함이 한이 될 뿐이요."
얼마 되지 아니하여 갑자기 돌개바람이 일더니 홍생의 앉은 자리를
걷어치우며 여인이 쓴 시를 날려 버려 간 곳이 없게 되었다.
이러한 일은 그들이 인간 세상에 자기들의 일을 선전하기 싫어하기
때문이다. 홍생은 얼이 빠진 듯이 우두커니 서서 가만히 생각해보니
꿈도 생시도 아닌 이상한 일이었다. 다만 난간에 의지하여 지나간
일을 생각하여 선녀가 남기고간 말을 더듬어 생각 하여 보니 기이한
인연이라 아니할 수 없으나 정회를 다하지 못하매 이에 못다한 회포
를 들어 시를 읊었으되,

구름도 비도 아닌
하염 없는 허망한 꿈
어느 해 어느 날에
가신님 다시 뵐꼬
대동강 푸른 물결
무정하다 말 말아라
님 여읜 곳으로만
슬피 울며 예는구나

읊고 나니 절간의 종이 울고 여러 마을의 닭이 노래하며 달은 서녘 하늘에 걸려 샛별만 반짝이고 뜰 아래 쥐와 땅 밑에 벌레 소리가 들려올 뿐이었다. 홍생은 초연히 구성진 생각을 금할 수 없어 서둘러 배로 돌아오니 그의 벗들이 서로 다투어 묻는 것이었다.

"어제 밤은 어디서 자고 오나?"

홍생은 아무렇지도 않았다는 듯이 대답하였다.

"엊저녁 낚시대를 가지고 달빛을 따라 장경문(長慶門 : 성중의 장경 사에 있음) 밖의 조천석까지 이르러 고기를 낚으려 하였으나 밤이 서늘하여 물결이 차가운 까닭인지 붕어 한 마리 물리지 아니하였 소."

그말에 벗들은 의심치 아니 하였다.

그뒤 홍생은 그 아가씨를 생각하다가 상사병에 걸리어 병상에 누운 지 오래 되매 정신이 착란해져 오래 일어나지 못하였다. 어느날 꿈 속에 소복한 여인이 와서 홍생을 보고 말하기를,

"우리 아씨께서 상황께 그대의 재주를 아뢰어서 견우성의 부하로 종사(從事)의 벼슬을 제수하려 하오니 빨리 가는 것이 어떠하 오."

홍생은 놀라 깨어 하인을 시켜 목욕 제계한 뒤 향을 피우고 집안을 깨끗이 한 후 뜰에 자리를 깔고 턱을 고이고 앉아 잠깐 누웠다가 엄연히 세상을 떠나니 곧 구월 보름날이었다. 빈장한지 며칠 후에도 얼굴빛이 산 사람과 조금도 다름이 없으니, 사람들이 모두 말하기 를,

"신선을 만나 시체가 선화(仙化) 해간 것이다."

라고, 말하더라.

4. 남염부주기(南炎浮洲記)

성화연간(成化年間) 경주(慶州)에 박생이란 사람이 살고 있었다. 박생은 유학(儒學)으로서 대성할 것을 기약하고 힘쓰던 중 태학관 (太學館)에 보결생으로 천거되었으나 시험에 급제하지 못하여 항상 앙앙불락(怏怏不樂 : 우울하여 불쾌한 마음)이었다. 그는 뜻이 매우 높아 웬만한 세력에는 따르지 않을 뿐만 아니라 굽히지도 아니하였 다. 그러한 그의 성격을 보고 남들은 거만한 위인이라고 했으나, 그를 아는 사람들은 태도가 대단히 온순하고 후하였으므로 칭송이 자자하 였다.

그는 일찍이 불교, 무당, 귀신 등 모든 것에 대해 의심을 품는 한 편, 이에 중용(中庸), 주역(周易)을 읽은 뒤 더욱 자신을 얻게 되었 다. 그의 성격이 유순하였으므로 불교신자들과 친밀히 지내고 있었 다.

어느날 그는 절간의 스님과 불교에 대한 질의를 전개하던 중 스님 은 다음과 같이 물었다.

"천당과 지옥이란 것에 대하여 그대는 어떻게 생각하시오?"

"그야 천지는 한 음양(陰陽)일 것인데 어찌 천지 밖에 또 그런 세계가 있을 것이요?"

라고, 말하자 스님도 또한 능히 결단하여 말하지 못하다가 이르기 를,

"명확히 말하기는 어렵소이다마는 악인에 악과 선인에 선과의 화복(禍福)이야 어찌 하리오."

그러나 박생은 그 말을 믿지 아니하고 일리론(一理論)이라는 책을

만들어 스스로의 경책을 삼아 불교의 이단적(異端的)인 데에 빠지지 않으려고 하였었다. 그가 저술한 책의 내용은 대개 이러하였다.

"일찌기 옛말을 들으매 천하의 이치는 오직 한가지 있을 뿐이라 하였으니 한가지라 함은 둘이 아니란 말이요. 이치란 천성을 말함이오. 천성이란 것은 하늘의 명함을 말함이라. 하늘이 음양과 오행으로 만물을 낳을새 기운(氣運)이 형상을 이룩하고 이(理)도 첨가됐다. 이치란 것은 일용(日用)과 사물(事物)의 사이에 각각 조리(條理)가 있어서 부자(父子)에는 친(親)을 다할 것이며 군신(君臣)에는 의을 다할 것이고, 부부와 장유(長幼)에도 마땅히 행할 길이 있을 것이니, 이것이 이른바 도(道)라는 것으로 이 이치가 우리의 마음에 갖추어져 있는 것이다. 그 이치를 쫓으면 어디를 가나 합당하여 편안치 아니함이 없고, 그 이치를 거스리면 성품을 떨치는 것이 되리니 곧 재앙이 미칠 것이다. 이치를 궁구하고 성품을 연찬하는 것이 곧 이것을 궁구함이다. 어떤 사물이라도 꾸준히 연구하여 자신의 지식을 넓힐 것이다. 대개 인간으로 태어나서 이 마음 없는 이가 없을 것이다. 또한 천하의 물건이 이치가 갖추어 있지 아니함이 없을 것이니, 마음의 허령(虛靈)함으로써 성품의 그러한 것을 좇는 것이 사물에 파고들어 이치를 궁구하는 것이다. 사물을 연구하여 그의 궁극의 길을 탐구하는데 이르는 것이 곧 천하의 이치이니 이것이 사물에는 나타나 있지 아니함이 없으며 이치에 지극한 자가 방촌(方寸)의 안에 들지 아니함이 없으리라. 이로써 추측컨대 천하 국가를 포괄치 않음이 없고 끌어안아 합하지 않음이 없으며, 여러 하늘에 참예하여 위반함이 없으매 여러 귀신에 물어봐도 혹(惑)하지 않으리니 고금의 역사에 떨어지지 아니함에 유가(儒家)의 일이니 이에 그칠 따름이라. 천하에 어찌 두 가지 이치가 있으리요. 저를 스님들의 허무적멸(虛無寂滅)을 위주로 한 이단(異端)의 이야기는 내 족히 믿은 바 아니다."

박생이 이러한 책을 저술한 뒤에 하루는 자기 방에 앉아서 등불을 돋으고 책을 읽고 있다가 베개를 베고 잠깐 졸다가 한 나라에 이르더니 창망한 바다 가운데의 한 섬이었다.

그 곳에는 초목도 모래도 없고, 밟고 가는 것이 구리쇠가 아니면 쇠(鐵)였다. 대낮에는 불길이 하늘을 뚫을 지경이어서 대지가 다 녹아 없어지는 듯하고, 밤이면 처참한 바람이 서쪽으로부터 불어와서 사람의 살과 뼈를 에우는 듯 하였다. 또한 쇠로 된 벼랑이 마치 성벽과 같이 되어 있어서 해변에 연이었고 다만 한 개의 철문(鐵門)이 있어 굉장한데 그 자물쇠가 어마어마하게 컸다. 문을 지키는 자는 꼴이 영악하기 그지 없고 창과 철퇴를 가져 외적을 방어하고 그 가운데서 사는 백성들은 쇠로써 집을 지었는데 낮에는 더워 죽을 지경이며, 밤이면 얼어 죽게 마련이었다. 오직 아침 저녁으로 꿈틀 거리는 모양으로 웃으며 말하는 모습은 별로 고통도 없는 듯하였다.

박생은 크게 놀라 주저하는데 문지기가 부르는지라 당황하면서 앞으로 나아갔다. 수문장은 창을 세우고 박생에게 묻되,

"그대는 어떤 사람이요?"

박생은 두려움에 떨면서 대답하기를,

"아무 나라 아무 땅에 사는 한낱 유생(儒生)에 불과하오니 영관(靈官)께서는 널리 용서하여 주소서."

하고, 엎드려 절하며 두 번 세 번 빌자 수문장이 말하기를,

"유생이란 본시 위엄 앞에서도 마땅히 굴하지 않는 것인데 그대는

어찌하여 굽힘이 이와 같으뇨? 우리들은 이치를 아는 유생을 만나고자 한지 오래였으며 우리의 국왕께서도 그대와 같은 사람들을 만나 할 말을 동방에 전하고자 하던 터였소. 조금만 기다리고 앉아 계시오. 국왕께 장차 고하여 뵙게 해 드리리다."

말이 끝나자 어디로 들어가더니 얼마 후에 나와서 말하기를,

"국왕께옵서 당신을 편전(便殿 : 임금이 휴식하고 연회를 여는 별전)에서 맞이하려 하오니 당신은 마땅히 위엄에 공포를 느끼지 말고 정직한 말로 대답하되 이 나라 백성으로 하여금 옳은 길을 걷도록 하여 주기 바라오."

말이 끝나자 흑의(黑衣)와 백의(白衣)를 입은 두 동자가 손에 두 권의 문권을 가지고 왔는데 한 책에는 흰 종이에 푸른 글씨를 썼고 한 책에는 흰 종이에 붉은 글씨로 쓴 것이었다. 동자가 그 책을 박생 좌우에 펴 놓아 보이는데 그의 성명은 붉은 글씨로 씌어 있었다.

박생이 글을 다 읽고 동자에게 물었다.

〈현재 아무 나라의 박 아무개는 전생에 죄가 없으니 이 나라의 백성됨에 마땅치 않다.〉

"나에게 이 문권을 보이는 것은 어떠한 이유이뇨?"

동자가 대답하였다.

"이것의 검은 문권은 악질의 명부이고 흰 문권은 착한 이의 명부이오. 좋은 명부에 실린 이는 노예로서 대우합니다. 이러한 내용을 당신께 알려 드리오니 왕께서 만일 알현을 허가할 때에는 마땅히 예로써 진퇴에 어그러짐이 없도록 하시오."

하는 말을 마치고 안으로 들어가 버리는 것이었다. 잠깐 사이에 보배 수레 위에 연좌(連座 : 연꽃을 그린 불좌)를 설치하고 어여쁜 아이들이 파리채(拂子 : 말꼬리 얼룩소 꼬리털을 묶어 자루를 단것으로 던져 장애를 물리치는 표지로 씀)와 일산(日傘)을 가지고 무사와 나졸들이 창을 휘두르며 오는데 그 호령이 추상 같았다.

박생이 머리를 들어 바라보니 앞에 철성(鐵城)이 세 겹으로 되어 있는 궁궐이 드높기 한이 없는데 금산(金山)의 아래에 있으며 불꽃이 충천하여 무섭게 타오르고 있었다.

길 옆에 다니는 사람들을 살펴보니 그 불꽃 가운데서 구리쇠와 쇠를 밟고 다니는데 마치 진흙을 밟고 다니는 것과 흡사하였다.

그러나 박생의 앞 수십보 쯤 되는 곳에 평탄한 길이 있어 인간 세상이나 다름 없으니 아마 신력(神力)으로 이루어진 것 같았다.

그 나라의 왕성에 이르니 네 문이 활짝 열려 있고 못과 다락과 대(臺)가 한결같이 인간세계와 조금도 다를 것 없는데 아름다운 두 아가씨가 나와 절하며 손을 맞잡아 인도하여 들어가니 왕이 통천관(通天冠 : 고대 임금이 거동 할 때 쓰는 관)을 쓰고 문옥대(文玉帶 : 임금이 매는 띠 이름)를 두르고 뜰 아래에 내려와 맞이하니 박생은 황급히 엎드려 능히 왕을 쳐다보지도 못하였다.

왕이 말하되,

"땅이 달라 서로 통성치 못하는 터에 이치를 아는 선비를 어찌 가히 위력으로 굴복하랴."

하고는, 곧 박생의 소매를 잡아 대궐로 오르게 하여 편전 위에 따로 앉을 자리를 마련하니 곧 옥으로 난간을 만든 금상(金床)이었다.

좌정하니 왕이 시종을 명하여 차를 드리게 하여 박생을 보매 차도

구리쇠와 같고 과실인 즉 철환(鐵丸)과 다름이 없었다. 박생은 한편 놀랍고도 두려워하나 능히 피할 곳이 없으매 그들의 하는 짓을 보고 있을 따름이었다. 다과가 들어오자 향내가 온 방안에 퍼지고 차 마시기를 마친 다음 왕이 박생에게 말하기를,

"선비는 여기가 어딘지 모르실 것이오. 이곳은 속세에서 말하는 염부주(閻浮州)요. 대궐 북쪽 산의 이름은 옥초산(玉焦山)인데 이 땅의 남쪽에 있으므로 이름하여 남염부주라 하오. 염부(炎浮)라는 이름은 염화(炎火)가 혁혁하여 항상 공중에 떠 있는 관계로 그렇게 칭하게 되었소. 나의 이름은 염마(焰摩)라고 부르니 불꽃이 나의 육신을 마찰하는 까닭이오. 내가 이곳의 왕이 된지 이미 만 일년이 된지라 오래 살다보니 내 스스로 영험스러워서 마음 가는 바에 신통변화를 부리지 못할 일이 없으며 하고저 하는 일에 내 뜻대로 되지 않는 일이 없소. 창힐(蒼頡: 한제 때 사관)이 글자를 만들매 나의 백성을 보내어 울게 하였고, 구담(瞿曇: 성도하기 전의 석가모니 성)이 부처가 되매 나의 부하를 보내어 보호해 주었소. 삼황(三皇)과 오제(五帝)와 주공(周公)과 공자(孔子)에 이르러서는 곧 스스로 의도를 지키니 내 어찌 할 수 없어 아무런 관계도 없었던 것이오."

박생은 물었다.

"주공 구담은 어떠한 인물이옵니까?"

왕이 대답하기를,

"주공(周公)은 중화문물(中華文物)의 성인이요. 구담은 서역(西域) 간흉(姦兇) 가운데서의 성인이라, 성품에 박의 성인이라, 문물에 비록 밝으나 성품이 박잡하고도 순수하여 주공 공자께서 이것을

통솔하였으며, 간흉한 민족이 비록 몽매하기는 하나 기운이 이둔
(利鈍)함에 있어 구담이 이를 경책하셨고, 주공의 가르침은 바르므
로써 사(邪)를 버리게 함이니 그 말이 정직하며, 석가의 법은 사도
(邪道)로써 사도를 물리쳤으므로 그 말이 황탄(荒誕 : 언행이 허황
함) 함이니 정직한고로 소인이 믿는 것이니 이것이, 양가의 극치라
할 것이다. 곧 군자 소인으로 하여금 마침내 정리(正理)에 돌아가
게 함이니 후세 부언하여 이도(異道)를 제창하고 세상을 속이고저
함이 아닌 줄로 아오."

박생은 또한 물었으되,

"귀신이란 어떤 것입니까?"

왕이 말하기를,

"귀란 음(陰)의 영(靈)이오, 신(神)이란 양(陽)의 영이니 대개
조화의 자취인 즉 곧 이기(二氣)의 양능(良能 : 배우지 않아도 능한
것)이라 하고 살았을 때는 인물이라 하며 죽으면 귀신이라 하나
그 이치야 다를 것이 있사오리오."

"세상에서는 귀신에게 제사하는 예가 있는데 제사의 귀신과 조화
의 귀신과는 어떻게 다른 것이옵니까?"

왕이 말하되,

"다를 것이 없는데 선비는 어찌 보지 못하였소. 선유(先儒)가 말하
되 귀신이란 형상도 없고 소리도 없으며 물건의 시종(始終)이
모양의 합산(合散)에 따르는 것이오. 또 천지에 제사함은 음양의
조화를 존경하는 것이고, 산천에 제사함은 기화(氣化)의 승강(昇
降)을 보답하려는 것이며, 육신(六神 : 풍백 우사 영성 선농 사직)
에 제사함은 화를 면코저 함이니, 다 사람 사람으로 하여금 그

공경함을 다하게 하고저 함이오. 형질(形質)이 뚜렷이 있어 망령되
이 인간에게 화목을 더 하게 하는 것이 아니오. 다만 인간들은
귀신이 있다고 생각하는 것 뿐이라오. 그러므로 공자는 귀신을
공경하여 멀리 하라 하였으니 아마 이런 이치를 말함일 터일 것이
오."

박생이 말하되,

"그렇다면 세상에서 일종의 사귀(邪鬼)의 요물이 있어 실지로
사람을 해친다고 하는데 이것 역시 귀신이라고 이름하는 것일까
요?"

"귀란 것은 굴(屈)을 의미하고 신이란 것은 펴(伸)는 것을 말함이
니, 굴하여 신(伸)치 못하는 것은 이것이 울결(鬱結 : 억울하게
맺혀서 풀리지 않는 것)의 요귀(妖鬼)를 가르침이라, 조화에 합치
는 고로 음양 시종과 더불어 자취가 없으며 울결인 체하는 연고로
인물과 혼돈되어 산에 있는 것은 초(妖)라 하고 물에 있는 것은
역(魊)이라 하여 수석(水石)의 요물은 용망상(龍罔象)이오, 목석
(木石)의 요물은 기망양이오. 물건을 해치는 요귀는 여(厲)
라 하여 물건에 의지하는 요귀를 요(妖)라 하며 물건을 혹(惑)
하게 하는 것은 매(魅)라 하니, 이는 모두 귀(鬼)라 할 것이며
음양불충의 신을 신이라 이름이니라. 신이란 묘용(妙用)을 말함이
오. 천인(天人)이 이치가 같고 현미(顯微)에 사이가 없이 그 근본
에 돌아감이 정(靜)이오, 천명을 회복함을 상(常)이라 하여 조화
종시를 같이하되, 조화의 자취를 알 수 없음을 도(道)라 함이니
그러므로 귀신의 덕이 크다라고 한 것이니라"

박생은 또 묻기를,

84

"제가 일찌기 들으니 스님들이 말하기를 하늘 위에 천당이란 낙원이 있고 지하에는 고초 당하는 지옥이 있다는데 명부(冥府) 십왕(十王 : 염라 지장등 십왕이 있다는 불가의 말)을 배치하여 십팔옥(十八獄 : 담 밑에 十八개의 지옥이 있다함)의 죄인을 다스린다고 하오니 이것이 사실인지요? 사람이 죽은 지 칠일 후 부처님께 제를 올리어 그 영혼을 천도하옵고 대왕께 지전(紙錢)을 바치어 그 죄악을 청산한다 하오니, 간악한 인간이라도 대왕께서는 그를 용서할 수 있을까요?"

왕이 크게 놀라며 말하기를,

"그게 무슨 말이오. 금시 초문이오. 고인이 이르기를 일음(一陰), 일양(一陽)을 도(道)라 이름이니 한 번 열리고 한 번 닫침을 변(變)이라 하고 생생(生生)함을 역(易)이라 하였으니, 그렇다면 어찌 하늘과 땅 밖에 다시금 하늘과 땅이 있으며 천지 밖에 또 다른 천지가 있으리오. 그리고 왕이라 함은 만인이 귀의(歸依)함을 이름이니 옛적 삼대(三代 : 하, 은, 주 세나라)이상 억조의 임금이 다 왕이라 일컬을 것이오. 달리 불리울 것이 없으나 부자(夫子)와 같은 이는 춘추(春秋)에 백왕(百王)이 바뀌지 아니하는 대법을 세운다 하였으며, 주실(周室)을 존숭하여 천왕(天王)이라 한 것은 곧 임금의 이름이지 더 무엇을 보탠 것은 아니오. 그런데 진(秦)이 육군(춘추전국시대의 초 제 연한 위 조 여섯 나라)을 멸하여 자기의 덕은 삼황(三皇)을 겸하고 공훈은 오제(五帝)보다 높다 하여 왕을 황제로 고친 다음 참람히 왕이라 칭한 자 많고 위와 양과 형과 초의 임금과 같은 것이 다 그러한 것이오. 이로부터 이후로 왕자의 명분이 어지러워졌음은 다시 말할 것도 없겠고 문무

성강(文武聖康)의 존후가 이에 권위가 없어졌소. 또 세상이 무지하여 인간의 실정은 이야기 하지 않고 신도(神道)만 엄숙하다 하니 어찌 한 개의 지역 안에 왕이라 일컬음이 이리 많을 것이겠소. 그대는 어찌 듣지 못하였소. 하늘에는 두 해가 없고 나라에는 두 왕이 없을 것이라 하였으니 그 말을 가히 믿을 수 있으리오. 제를 지내 영혼을 천도한다든지 지전을 사르어 제사를 지낸다든지 함에 이르러서는 나는 그 소위를 알 수가 없소. 그대는 아는 대로 얘기하여 주구려"

박생이 자리에 물러가 옷깃을 펴며 말하기를,

"세상에서는 부모가 가신지 사십 구일만에 양반이거나 상인이거나 장사 지내는 예를 돌보지 아니하고 오로지 영혼천도를 위주하오니 돈많은 이는 부의(賻儀)를 많이 내어 큰 제를 올리고 가난한 이도 논밭과 집을 팔아 전곡을 마련하고 종이를 오려 번개(幡蓋)를 삼으며, 비단을 끊어 꽃을 만들어 여러 스님들을 불러 복전(福田 : 불가의 말에 경전 사전에 비전이 있음)을 닦고 불상을 모셔 주문을 외우되 새와 쥐가 지절거리는 것과 흡사하여 아무런 뜻이 있을 리 없으며 상주가 처자권속을 모아 남녀가 혼잡하와 대소변이 낭자하오며 극락 정토(淨土 : 불살이 살고 있는 곳)를 더럽히고, 또 시왕을 초대한다 하여 주찬을 갖추어 제사하는데 지전을 사르고 속죄한다 하오니 거왕을 위한다는 자들이 이렇듯 예의를 돌아보지 아니 하고 탐욕을 내어 받으리오. 또 법을 따라 중벌에 처할 수 있으리까? 이에 대하여 저는 매우 못 마땅하게 생각하옵니다."

왕이 말하기를,

"슬플진저… 인간이 이 세상에서 나매 천명으로써 성(性)을 삼고

땅이 곡식을 길러 주시며 임금은 법으로써 가르쳐 다스려 주시며
스승은 도(道)로써 가르쳐 주시고 어버이는 은혜로써 키워 주시
니, 이로 말미암아 오전(五典 : 부의 모자 형의 제공의 자효)이 차례
가 있고 삼강(三綱 : 군신, 부자, 부부)이 문란치 않으니 이를 쫓으
면 상서롭고 이를 거슬리면 재앙이 있으리니 그것은 사람이 지어받
는 것이오. 사람이 죽으면 정신과 기운이 이미 흩어져 오르락 내리
락 하여 근본으로 돌아갈 뿐이라, 어찌 다시금 캄캄한 속에 멈춰
있으리오. 다만 일종의 원통한 혼백과 비명(非命)에 쓰러진 원귀들
이 억울한 죽음으로 기운을 펴지 못하여 혹은 쓸쓸한 싸움의 벌판
에 울기도 하며, 혹은 원한에 맺힌 가정에 나타나기도 하거니와
또는 무당에 의탁하여 뜻을 발표하며 혹은 사람에 의하여 슬픔을
하소연 하는 것은 비록 정신은 흩어지지 않더라도 결국 아무것도
없는 것에 귀일(歸一)함이라, 어찌 형체를 저승에 빌려서 지옥의
고통을 받으오리까? 이것은 물리를 연구하는 학자로서 짐작할
바요. 부처에 재 들이고 시왕에 제사 함은 더욱 황탄할 일이오.
또 제를 지낸다 함은 정결함을 뜻함이니 제사 지내고 제사 지내지
아니함은 그 정성에 있음이지 별 뜻이 없을 것이오. 부처란 청정
(淸淨)한다는 뜻이오, 왕이란 존엄하다는 뜻이니, 수레로 금을
구함은 춘추에서 편한 바요. 돈으로써 비단을 삼음은 한위(漢魏)
에서 비롯하였음이다. 어찌 청정의 신으로서 세속의 공양을 맛보며
왕의 존엄함으로 죄인의 뇌물을 받을 수 있으며 명멸(冥滅)의
귀(鬼)로서 세상의 형벌을 용서할 수 있으리오. 이것이 또한 이치
를 궁구하는 선비로서는 마땅히 생각할 바 아니겠소."
"그러면 윤회(輪廻)의 설에 대하여는 어떻게 보아야 하겠나이까?"

"정신이 흩어지지 않았을 때 마치 윤회의 길이 있을 듯하나 오래
되면 소멸되고 마는 것이겠지요."

박생이 또 물었다.

"왕께서는 어떤 연고로 이런 세상에 살고 계시며 임군이 되셨나이
까?"

"내가 세상에 있을 때에 왕께 충성을 다하여 발비하여 도적을 없애
며 맹세하기를 죽어서라도 마땅히 여귀(厲鬼)가 되어 도적을 죽이
리라 하였더니, 그 나머지 원을 다하지 아니하고 충이 없어지지
아니한 까닭으로 이 나쁜 나라에 의탁하여 군장이 되었소. 이제
여기 살면서 나를 우러러 쫓는 자는 다 전세(前世)인간에서 흉악
의 무리가 여기게 태어나 나의 절제함을 받게 된 것이오. 그릇된
마음을 고치고저 함인데, 그러므로 내 정직을 지키며 사리사욕을
청산하지 못하고는, 아무도 이 땅의 군주가 되지 못할 것이요. 내
일찍 들으매 선생의 정직 불굴하는 성격은 천고의 달인(達人 : 사리
에 통달한 사람)이라, 그러나 선생의 높은 뜻은 세상에 편한 바
없으니만치 형산(荊山)의 백옥이 티끌에 묻혀 있고 밝은 달이
깊은 못에 빠진 것 같아 만일 슬기 있는 공장(工匠)을 만나지 못한
다면 어찌 그 지극한 보배임을 알아 주겠소. 이 어찌 아까웁지
아니하랴. 내 또한 이제 시운이 다하여 이 자리를 떠나야 할 판이
오. 선생도 명수(命數)가 끝난 것 같으니 이 나라의 백성을 맡아
주실 분은 선생이 아니고 누구라 하겠소."

염마는 말을 마치자 크게 잔치를 베풀어 즐길새 삼한흥망(三韓興
亡)의 잔치를 열기도 하거늘 박생이 일일이 얘기하다가 고려의 건군
에 얘기가 미치자 염마는 수차 감탄하여 마지 아니하였다. 그러면서

다시 말하기를,

　"나라를 맡은 이는 폭력으로써 백성을 다스리지 못할 것이며 덕이 없이 지위를 차지할 수 없을 지라도 그 명령은 엄한 것이요. 그리고 대체 국가는 백성의 것이오, 명이란 하늘이 정하니 천명이 가버리고 민심이 떠나면 비록 몸을 보존코저 한들 어찌 될 수 있겠소."

　박생은 다시 역대 제왕이 이도(異道)를 믿다가 재앙을 입은 얘기를 하매 염왕은 문득 이마살을 찌푸리면서,

　"백성들이 기쁘게 노래부르되 수재와 한재가 이르는 것은 하늘이 임금으로 하여금 일에 삼가할 것을 암시함이요. 인민이 원망하되 상서가 나타남은 임금으로 하여금 더욱 교만하게 방종케 함이니, 역대 제왕이 재앙을 입을 때 그 인민들은 안락하였소? 원망하였소?"

　"그것은 간신히 벌떼처럼 봉기하여 큰 난리가 일어나되 임금은 인민을 눌러 정치를 하게 되었으니 인민이 어찌 안락할 수가 있었으리까?"

　"아마 선생의 말이 옳소이다!"

　문답이 끝난 뒤 염마는 잔치를 거두고 박생에게 왕위를 전코자하여 곧 손수 선위문(禪位文 : 왕위를 선양하는 선언문)을 지어 박생에게 주는 것이었다.

　그 선위문에 하였으되,

　〈염주(炎洲)의 땅은 실로 야만한 나라이라 옛날의 하우(夏禹)의 발자취가 이르지 못하였고 주목왕(周穆王)의 말굽이 미친적이

없었던 곳으로 붉은 구름이 햇빛을 덮고 추한 안개가 공중을 막아 목이 마를 때는 녹은 구리쇠물을 마시며 배구 주리면 뜨거운 쇠끝을 먹고 야차(夜叉 : 사물의 가장 추악한 종류)와 나찰(羅刹 : 사람을 잡아 먹는 포악한 귀물)이 아니면 그 발 붙일 곳이 없고 이매망양(온갖 도깨비 귀신)이 아니면 능히 그 기운을 펼 수가 없는 곳이다. 화성(火城)이 천리오. 철산(鐵山)이 만첩(萬疊)이라, 민속이 한악(悍惡 : 성질이 사납고 악함)하니 정직하지 아니하여 그 간사함을 판단할 수 없고 지세(地勢)가 험악하니 신성한 위엄이 없으면 그 조화를 베풀기 어렵도다. 이제 동국(東國)에 사는 박 아무개로 말하면 정직 무사하여 강인하고 결단력이 있으며 문장에 대한 재질이 크며 발몽의 재조가 있어 모든 인민의 기대에 어그러짐이 없을지니, 경(卿)은 마땅히 도덕과 예법으로써 인민을 지도할 것이오며 온 누리를 태평하게 해 주시오. 내 이제 하늘의 뜻을 받들어 요순(堯舜)의 옛일을 본받아 이 자리를 사양하노니 아아, 경은 삼가 이 자리를 받을지어다.〉

박생은 선위문을 받들어 예식을 마치고 두 번 절하고 물러나오니 염마는 다시금 신하들에게 명령하여 축하를 드리게 하였고, 박생을 고국으로 잠깐 돌려 보낼새 거듭 칙령을 내리기를,

"머지 않아 이곳에 돌아올 것이니 나와 함께 문답한 전말을 인간에 퍼뜨리어 황당한 전설을 남게 하지 마시오."

박생이 또한 다시 절하며 치사하여 말하기를,

"감히 명령을 어길 길이 있사오리까?"

하고, 대궐 문을 나와서 수레에 타니 말굽이 진흙에 붙어 수레가 넘어

지는 바람에 박생이 깜짝 놀라 일어나 깨니 그것은 한갓 허무한 꿈이었다. 눈을 뜨고 주위를 보니 책들은 상에 그대로 놓여 있고 등불은 깜박거리고 있었다. 박생은 마음이 산란하여 스스로 생각하되,

'이제 죽을 날이 멀지 않았다.'

하고 날로 집안일을 처리할 것이 걱정이었다.

몇 달 후에 병이 들어 누웠는데

'이제는 다시 일어나지 못하지!'

생각이 들자 의원과 무당들을 다 물리치고 고요히 죽어갔다. 그가 죽던 날 저녁 꿈에 신인(神人)이 이웃에 고하여 말하기를,

"그대 이웃의 아무개가 장차 염라왕(지옥을 맡은 신관 시왕의 하나로 염라와 같음)이 될 것이다."하더라

5. 용궁부연록(龍宮赴宴錄)

송도에 천마산(天磨山)이란 산이 있는 데 그 산이 높이 뻗어나서 공중에 솟아 있기 때문에 천마산이라 했다. 그 산 가운데 용추(龍湫)가 있으니 이름을 표연(瓢淵)이라 하였다.

표연의 주위는 얼마되지 않으나 깊이는 몇 길이나 되는지 알 수가 없으며 넘치는 물은 백여 길이나 되어 폭포를 이루었다. 경치가 청려(清麗)하여 많은 관광객들이 찾아와서 이를 구경하였다.

옛날부터 여기에는 용신(龍神)이 있다는 전설이 역사에 실려 있거니와 조정에서도 때를 맞추어 이곳에 소를 잡아 제사를 지내는 곳이었다.

그 옛날에 한생(韓生)이란 자가 있어 어려서부터 글에 능하여 조정에서까지 명성을 드날리게 되어 문사(文士)로서 일컫게 되었다.

어느날 방에서 해가 저물도록 앉아 있는데 푸른 옷을 입고 두건을 쓴 낭관(郎官 : 각 관아의 당하관의 총칭) 두 사람이 하늘로부터 내려와서 뜰 앞에 엎드려 말하였다.

"표연(瓢淵)에 계신 용왕님의 분부를 받들어 선생을 맞이 하려고 왔나이다."

한생은 크게 놀라 얼굴빛이 변하여 말하기를,

"신(神)과 인간은 서로 길이 막혔는데 어찌 능히 서로 볼 수 있으리오. 물길이 또한 멀고 물결이 험한 터에 어찌 가히 편안히 갈 수가 있으리오."

두 사람이 말하였다.

"문밖에 천리준마(千里駿馬)가 있사오니 그것은 염려치 마시옵소서."

한생이 그들을 따라 문을 나오니 과연 황금안장에 옥굴레가 훌륭하고, 붉은 비단으로 안장이 옆에 달린 준마 한 마리가 있고, 또 붉은 수건으로 이마를 질끈 동이고 비단옷을 입은 자 십여 명이 한생을 부축하여 말 위에 태우는 것이었다.

일산(日傘)을 앞세우고 기악(妓樂)을 뒤에 따르게 하며, 두 사람이 홀(笏 : 조회시에 출입을 기록하는 수첩)을 잡고 이를 따라가게 하였다. 그 말이 하늘로 날으는데 구름이 말굽 아래 보이고 땅은 보이지 아니하였다.

잠깐 사이에 이내 궁문 밖에 이른 모양으로 말에서 내려 서 있으니

문을 지키는 사람들은 대개 방게, 새우, 자라의 갑옷을 입었으며 창과
칼이 삼엄하고 눈이 길게 째어졌는데 한생을 보더니 다 머리를 낮추
어 서로 절하며 자리에 올라 쉬기를 청하는 것이었다.

그 두 사람이 들어가더니 얼마 안되어 청의동자(靑衣童子)들이
나와서 한생을 인도하여 안으로 들게 하였다.

한생이 길을 옮겨 나아가며 궁문을 우러러 보니 현판에 쓰기를
함인지문(含仁之門 : 漢陽朝의 홍인지문이라 하는 것과 같음)이라
하였다.

한생이 계속하여 문으로 들어가니 용왕(龍王)이 절운관(切雲冠
: 갓이름)을 쓰고 칼을 차고 홀(笏)을 가지고 뜰 아래 내려와 맞이하
여 대궐 위에 올라 앉기를 청하니 곧 수정궁(水晶宮)안의 백옥상(白
玉床)이었다. 한생이 엎드려 사양하며 말하기를,

"하토우민(下土愚民)은 초목과도 같이 썩을, 변변치 않은 존재이
온데 어찌 감히 신위(神威)를 범하여 외람되이 곁에 뫼실 수 있사
오리까?"

용왕이 말하기를,

"높으신 성화(聲華)는 들은지 오래였는데 이제 다행히 존안을
뵙게 되니 별로 의아히 생각하실 것은 없소이다."

드디어 손을 이끌어 자리에 앉게 하니 한생은 세 번 사양하다가
앉고 용왕은 남향하여 칠보(七寶)의 화려한 상에 걸터앉아 문지기가
여쭈오되,

"손님이 또 오시나이다."

하니, 용왕이 문을 나와 맞이하여, 세 사람의 손이 들어오는데 붉은
도포를 입고 채색 수레를 탄 그 위의(威儀)와 행차가 마치 군왕과

흡사하였다.

한생은 들창 밑에 은신 하였다가 그들이 좌정하기를 기다리어 뵙기를 청하였다. 용왕이 세 사람을 권하여 동향하여 앉게하고 말하기를,

"마침 문사 한 분이 양계(陽界)에서 오셨기에 맞이하였으니 당신들은 의아치 마시오."

하고, 좌우에 명령하여 한생을 들어오게 하고, 성좌에 앉기를 권했으나 앉기를 사양하며 말하기를,

"여러분은 존귀하신 신(神)들이시고 저는 미천한 선비온데 어찌 감히 높은 자리에 앉으리까? 진실로 사양하는 바로소이다."

여러 사람이 일시에 말하기를,

"음양의 길이 비록 달라서 서로 통제할 권리도 없거니와 또 용왕님의 위엄이 중하시고 사람을 보심이 밝아온 즉 선생은 반드시 양계의 문학대가이실 것이라 왕께서 명하시는대로 좇는 것이 어떠하리까?"

"모두 앉으시오."

하여, 세 사람이 일시에 자리에 앉으니 한생은 끝까지 겸양하여 말석에 꿇어앉더니, 용왕이 말하기를,

"편히 앉으시오."

이어 자리가 완전히 좌정이 된 뒤 차가 한 번 돌고 난 다음 용왕이 말하기를,

"과인에게 무남독녀 외딸이 하나 있는데 벌써 혼인할 시기가 되어 미구에 예를 치를 작정이긴 하나 집이 누추하여 화촉을 밝힐 곳이 없으므로 따로이 별당 한 채를 지어 가회각(佳會閣 : 아름다운 모임

을 하는 집이란 뜻)이라 명명하고 목수들이 모여 건축재를 다 갖추
었는데 거기 모자라는 것이 있으니 그게 상량문(上樑文:들보를
올리는 때 축하하는 글월)이라 소문에 의하면 선생은 고명이 삼한
에 드날렸고 재주가 백가(百家)에 으뜸한다 하기로 특별히 멀리서
초청하였으니 과인을 위하여 상량문을 지어 주기 바라오."
그 말이 채 끝나기도 전에 푸른 옥벼루와 소상(瀟湘), 반죽(班竹)
으로 만든 붓대와 이름난 비단 한 폭을 받들어 앞에 꿇어앉는지라
한생이 곧 일어나 붓에 먹을 찍어 줄줄 써내려 가니 구름과 내가
얽힌 듯 하더라. 그 글월에 쓰였으되,
"이 세상 안에서는 용신이 가장 영검하시어 배필을 중히 알고 이미
물건을 윤택케 하신 큰 공이 있사온데 어찌 복받을 터전이 없으
랴. 이러므로 관유(關唯)는 시경(詩經)에 읊었고 나는 용은 주역에
말함이라. 이리하여 새로 집을 지어 아름다운 이름을 높이 불러
힘을 내고 조개를 모아 재목을 삼으며 수정과 산호로 기둥을 세우
고 용골(龍骨)과 낭간(琅玕:옥같은 돌의 이름)으로 들보를 하고
주렴을 거두우면 메빛이 프르르며 구슬 들창을 열 때 골 구름을
둘렀세라. 부부화락하여 백년 복록을 누리고 금슬(琴瑟) 상화(相
和)하여 금지(金枝:황족)가 마세에 뻗게 해 다오. 풍운(風雲)의
변화를 도우며 조화의 공덕을 나타내어 하늘에 오를 때나 낮에
잠길 때나 상제(上帝)의 어지신 마음을 돕고 백성들의 목마름을
소생케 해 주며 위풍이 천지에 높고 공덕이 원근에 풍족하여 검은
거북과 붉은 잉어는 뛰며 소리치고 나무 귀신과 메 도깨비도 모두
치하할지라. 마땅히 짧은 노래를 지어 들보를 보리라."

들보 동쪽에
예물을 던지오니
드높은 산봉우리
저 하늘에 솟았구나
어느날 우뢰소리
시냇가 들려올제
만길 푸른 벼랑
구슬같이 빛나도다
들보 서쪽에
예물을 던지오니
높은 바위 그윽한 길
산새들은 조잘대고
깊고 맑은 저 용추는
몇 길인지 모를레라
푸른 유리 한 이랑이
봄빛 깊어 어우리네
들보 남쪽에
예물을 던지오니
십리 뻗은 송림
남기(嵐氣)는 서려오고
뉘 있어 알아주리
굉장한 손 이 신궁을
푸른 유리 맑은 모양
그림자만 잠겼구나

들보 북쪽에
예물을 던지오니
새벽 빛 치솟을 제
못물은 거울인 양
흰 베자치 깔렸는 듯
삼백 길 높은 공중
하늘 위 은하수가
여기 편 듯 의심쿠나
들보 위에
예물을 던지오니
푸른 하늘 흰 무지개
손 뻗혀 매만질 듯
발해와 부상땅이
천만리나 된단 말인가
인간세계 굽어보니
들보 아래에
예물을 던지오니
가련타 봄밭 이랑
아지랑이 삼삼할 제
원컨데 영원비를
이곳에 가져다가
온 누리에 단비 되어
흩뿌려 주리고로

〈원컨데 이 집을 지어 첫날 밤을 치른 뒤에 만복이 찾아와 온갖 상서 모두 모여들어 요궁(瑤宮) 옥전(玉殿)에 구름이 찬란하고 원앙 이불과 봉황베개에 즐거움이 비할데 없으리로다. 그 덕을 굳이 나타내지 않사오나 그 영검스러움을 빛내 주옵소서.〉

한생은 쓰기를 마치고 용왕께 바치자 용왕은 크게 기뻐하여 세사람 손님에게 보이니 모두들 탄상(嘆賞)치 않는 이가 없었다. 용왕은 곧 윤필연(潤筆宴 : 문인 작품에 대해 감사의 뜻을 표하기 위해 베푸는 잔치)을 베풀매. 한생이 꿇어앉아 말하기를,

"모든 신께서 이 자리에 모였사오니 높으신 존함을 알려 주셨으면 합니다."

용왕이 말하기를

"선생께서는 양계(陽界)의 사람이라 모르실테지요. 한 분은 조강신(祖江神 : 한강이 바다로 들어가는 곳의 신)이요, 두 번째 분은 낙하신(落河神 : 한강 속칭의 신)이요, 셋째 분은 벽란신(碧瀾神 : 예성강 중류에 있는 신)으로 선생과 함께 즐기며 놀게 하기 위하여 초대한 것이오."

이어서 술이 들어오고 풍악이 울리자 아름다운 여인 십여 명이 푸른 소매를 떨치며 꽃을 머리에 이고 나왔다 들어갔다 하며 춤추는데 벽담(碧潭)의 가락을 노래하였다.

청산이여! 창창하고
푸른 못이여! 출렁이도다
나는 폭포는 우렁차서

은하수에 닿은 듯하고
저 가운데 님 계신 곳
환패 소리 쟁쟁코나
빛나는 위풍이요
거룩하신 얼굴이라
좋은 때와 길한 날에
봉황새 울음 울제
이 집 지어 나는 듯이
천가지 상서 다 모이네
선비를 모셔다가
이 글월 지으시니
높은 덕 노래하여
긴 들보를 울리누나
향기로운 술을 빚음이여
우상을 날릴가나
가벼운 제비처럼
봄볕 향해 뛰노느니
화로엔 매운 향내
남비에 옥장 끓여
어고를 칠가나
용적으로 행직곡을
용왕님 높이 앉아
위엄이 장엄하다
높으신 덕 우러러

길이 잊지 못할레라

춤이 끝나매 다시 총각 십 여명이 왼쪽에서 피리를 가지고 오른쪽
에서는 일산을 들고 회풍곡(回風曲)을 불렀으되,

　　높은 언덕에 오르시여
　　온갖 향초 옷을 입고
　　날은 저물고
　　맑은 물결 이는도다
　　물결의 잔주름일랑
　　비단결 고운 무늬
　　바람이 쌀쌀함이여
　　살쩍 위를 스치어라
　　구름이 너울거림이여
　　춤추는 양 소매 같아라
　　수의 자락 휘날림이
　　뱀의 혀놀림 같구나
　　고웁고 예쁜 웃음
　　하냥 몰래 지나가고
　　나의 홑옷일랑
　　여울 위에 벗어 놓고
　　둘러찼던 옥환조차
　　모래 밭에 풀었다네
　　금잔디에 이슬 젖고

높은 산에 안개 가득
높고 낮은 저 뫼부리
멀리서 바라보니
강 위의 푸른 소라
그와 정녕 같을시고
올려 온다 우렁차게
그윽한 동라소리
취한 꿈 너훌너훌
술은 익어 감이여
강물처럼 넘치고
안주는 쌓임이여
저 언덕과 흡사해라
손님도 취하셨네
새 노래 불러 볼까
손 잡고 서로 안고
어깨 치며 웃음 웃고
옥항아리 치는 소리
무진무진 먹사이다
흥겨운 이 날이여
슬픈마음 복받친다

   춤이 끝나니 용왕은 기뻐 술잔을 다시 부어 권하며 스스로 옥룡저
(玉龍笛)를 불고 수룡음(水龍吟 : 곡조의 이름)한 가락을 노래하여
그 기쁜 흥취를 더하게 하였다.

풍악 소리 유량한데
또 한 잔을 그득 부어
기린 그린 항아리에
이름난 술 토하도다
처량한 저 피리로
비켜 쥐고 한 번 불어
하늘 위에 푸른 구름
쓸어 본들 어떠하리
우렁찬 산울림은
물결을 충동이고
가락은 풍월을 띄워
한가로운 경치
인생은 늙어가네
애닯다 바쁜 세월
풍류 또한 꿈이런가
기쁨도 간 데 없네
시름도 많았구나
서산에 끼인 안개
언뜻 선뜻 사라지고
동녘 뫼부리에
둥근 달이 솟아오네
술 한 잔 높이 들어
저 달께 물어보세
티끌 세상 온갖 것을

몇 번이나 보고 왔나
금준(金樽)에 술을두고
님은 벌써 취했고나
옥산(玉岬)이 무너질들
뉘 있어 밀어제껴
고우신 님을 위해
십년진토 근심 잊고
푸른 하늘 높은 곳에
유쾌하게 놀아 보세

노래를 마치고 좌우를 돌아보며 말하기를,
"이 고장의 놀음 놀이는 인간 세상과 같지 아니하니 너희들은 귀중하신 손님을 위해 갖은 재주를 다 부려봄이 어떠하냐?"
그 중 한 사람이 스스로 일컬어 곽개사(郭介士 : 게를 말함)라하고 발굽을 들며 비낀 걸음으로 나와 말하기를,
"저로 말씀하면 바위 굴 속에 숨어 사는 은사(隱士)요, 모랫구멍에서 노는 한가한 사람이오라, 팔월 바람이 맑고 동해가에도 도망(稻芒)을 운수하고 구천(九天)에 구름이 흩어지면 빛을 남정(南井)의 곁에 토하였고, 속은 누르고 밖은 둥글며 굳은 갑옷을 입고 날카론 창을 가졌었소. 재미와 풍류는 가히 장사(壯士)의 얼굴을 좋게 하며 곽삭(郭索 : 게가 다니는 모습)한 꼴은 부인들의 웃음을 자아내었소. 조륜(趙倫)이 비록 물 가운데서 싫어 하나 전비(錢毘)가 항상 외군(外郡)을 생각하였고, 죽으매 이부(吏部)의 손에 마치었으나 신기하여 한진공(韓晋公)이 붓을 의탁하였도다. 제

장소를 만나서 작희(作戱)하였고 다리를 희롱하여 춤추리라."

곽개사는 곧장 그 자리에서 갑옷을 입고 창을 잡아 침을 흘리며 눈을 부릅뜨고 사지를 흔들면서 앞으로 나갔다 뒤로 물러섰다 하며 팔풍(八風)의 춤을 추는데 그의 동류가 수 십명이요, 춤추는 태도는 모두 법에 맞추어 춤을 추더라. 이에 노래를 불러 의었으되,

강과 바다 의지하여
구멍에서 살 망정
기운을 토할시면
범과 함께 다투리라
이 몸이 아홉자라
임군께 조공하고
겨레는 열 종류니
이름이 호화롭다
용왕님을 기쁘게 한
구름 같은 이 모임에
발굽 들고 비낀 걸음
깊이 잠겨 있었더니
강나루에 등불 놀라
은혜를 갚으려고
슬피 옮이 아니런가
원수를 갚기 위한
빗긴 창이 아니런가
무장공자(산중에서 게를 말함)웃지 마소

쌓인 덕이 군자라니
온 몸이 배어 있어
그윽할손 그 향기여
오늘밤이 어인 밤인가
요지(瑤池 : 서왕모가 주목왕을 맞아 잔치한 곳)잔치
내 왔더니
님이여 노래하세
손은 취해 오락가락
황금전 백옥상에
잔을 들어 마시면서
풍악 소리 쉴새 없이
이름난 술 취하도다
산귀(山鬼)도 춤을 추고
물고기들 뛰 놀것다
메 개암(임금을 섬기는 말)과 들 복령은
님 생각이 절로 난다

이에 왼쪽으로 돌고 오른쪽으로 꺾이고 앞과 뒤로 달리고 뛰는
꼴을 본 만좌 사람들은 실소를 금하지 못하더라. 춤추기가 끝마치자
그 중 한 사람이 스스로 현선생이라 일컬으며 꼬리를 끌며 턱을
느리고 눈을 부릅뜨고 나와서 말하기를,
"저는 시초(蓍叢)에 숨은 자로 연잎에서 노는 사람이오라, 낙수
(落水)에 글을 지고 나오매 성스러운 하우(夏禹)의 공로를 나타내
고 송원군(宋元君)의 꾀를 나타내었소. 신기한 점은 세상의 보배되

고 삼엄한 무기를 장사의 기상이라 노오(盧敖 : 주나라 때의 은사)
도 나를 위해 걸터 앉게 하고 모보(毛寶 : 진나라 때의 예주칙사)
는 나를 가물에 내쳤었소. 살아서는 보배요, 죽더라도 영도(靈道)
의 보배가 되오리니 마땅히 한가락의 노래를 불러 천년 동안의
쌓인 회포를 풀어 보오리다."
하고, 한선생은 여럿 앞에서 기운을 토하매 실오리 모양의 길이가
백 여척이나 되고 또 그것을 마시매 자취가 없어지는 것이었다.
　혹은 그 모가지를 뽑기도 하며 갑자기 뛰기도 하고 천천히 하기도
하다가 이에 구공(九功)의 춤을 추는데 홀로 물러가기도 하면서 노래
를 읊으니 그 노래에 하였으되,

　　산과 못을 의지하여
　　호흡으로 길이 살아
　　일천년 긴 세월
　　다섯 번 모이것다
　　꼬리는 열인데
　　흔들어 멋 있을사
　　내 비록 긴 꼬리를
　　진흙 속에 끌지라도
　　묘당에 두어 둠은
　　내 소원이 아니라
　　약 없어도 오래 살며
　　배움 없이 영장이라
　　성스러운 님을 만나

온갖 상서 풀어내며
수국에서 어른인데
숨은 이치 연구하여
문자 그려 등에 지고
길흉 화복 점치것다
지혜 비록 많다 해도
곤액이야 어이 하랴
기능을 믿지 말라
못 미칠 일 있으리라
어하들과 벗을 삼아
함께 놀며 지낸다네
목을 뽑고 발을 들어
높은 잔치 참례하고
님의 조화 변화 무쌍
그것을 진히(譽)노라
무서운 붓의 힘을
완상하여 마지 않고
술 들이자 풍류 지어
기쁨일랑 그지 없네
도롱놓이 춤을 추네
뫼 도깨비 물 신령들
강과 내의 어른들이
빠짐없이 다 모였다
앞뜰에서 춤을 출 때

혹은 웃고 손벽 치네
날 저물고 바람 불어
고기 뛰고 물결 찬데
좋은 때를 늘 얻으랴
내 마음이 감개로워

곡조가 끝이 나자 춤을 추는데 그 아름다움은 이루 형용할 수 없는 것이었고, 자리에 앉아 이를 구경하던 이들은 웃음을 참지 못하였다.

그 뒤를 연이어 숲속의 도깨비며 뫼에 사는 괴물들이 각각 그 기능을 자랑하며 휘파람과 노래로서 불고 읊으며 혹은 글을 외우는 자도 있으니 그들의 꼴은 다르나 음률은 비슷하여 노래를 읊으니 그 노래에,

신기한 용왕님이
하늘을 나실 때에
천만년 긴 세월에
복락을 누리시라
귀한 손을 맞이하여
음전키가 신선같네
새 곡조를 노래하니
구슬처럼 구을도다
옥석에 깊이 새겨
길이 길이 전하고저

님께서 돌아갈제
이 잔치를 벌였구나
채련곡을 불러볼까
예쁜 춤이 너울대네
쇠북소리 둥기당당
거문고 줄 고르네
배 저어라 큰한 소리
고래인양 숨을 쉬네
예식들도 갖췄건만
풍악 또한 그지없네

노래를 마치자 이에 강과 내의 어른들인 세 손님도 꿇어앉아 각각
시 한 수씩을 지어 드려 올리니, 첫째자리에 앉았던 조강신이 노래를
읊으니,

푸른 바다 조종이라
장할손 그 기세여
힘찬 물결 이는 속에
가벼운 배 띄웠것다
구름이 흩어진 뒤
달은 둥실 솟는고야
조수는 일려 하고
건들바람 섬에 그득
날씨가 따사로니

구어가 출몰겠다.
물결이 맑노라니
오면가면 해오라기
해마다 험한 파도
시달리던 이 몸인데
기쁘도다 오늘 저녁
근심 걱정 다 녹었네

둘째 번으로 낙하신은 읊기를,

오색 찬란한 꽃
그림자채 가리우고
대그릇과 악기들은
질서정연 벌려 있네
운모 휘장 둘린 곳에
노래가락 흘러 나고
수정 주렴 드리운 곳
춤추는 양 더디어라
영검하신 용왕님이
이 못에만 계실건가
아름다운 문사 양반
자리 위의 보배로세
어찌하여 긴 끈 얻어
지는 해를 잡아매어

이 좋은 봄 날씨에
취토록 놀고 가세

셋째 벽란신은 읊기를,

님께서 취하시와
금상에 의지했네
산 안개가 자욱하여
해는 이미 저녁이라
고운 춤 묘한 가락
비단 소매 나부낄 때
맑은 노래 가늘어져
새긴 들보 안고 도네
몇몇 해 외론 삶이
이 섬 속에 보내졌나
오늘에사 기쁠시고
힘껏 취해 잔을 드네
흐르는 세월일랑
뉘라서 알 것인가
고금의 세상 일이
속절없이 바쁘구나

용왕은 그 시를 읽고 저윽이 웃으며 한생에서 주는 것이었다. 한생
이 받아 꿇고 앉아 읽어 세 번 다시 완상하고 용왕의 앞에 나아가

이십운(二十韻)을 제목한 긴 시로서 성대한 잔치를 묘사하였으니
그 노래에 하였으되,

>   천마산 높은 위에
>   나는 폭포 뿌리놋다
>   바로 솟아 골을 뚫고
>   쏜살 같이 흐르는 물
>   시내를 이루었다
>   물 복판에 달은 잠겨
>   못 밑에는 용궁이라
>   변화 무쌍 신변 난사
>   님의 자취 신기하고
>   높이 올라 공을 세워
>   가는 안개 향내 일고
>   상서로운 바람 일어
>   상제 앞에 명령 받아
>   푸른 나라 보살필제
>   구름 탄 채 조회 받고
>   말을 달려 비 내리네
>   금대궐에 잔치 열고
>   옥뜰 앞에 풍악 잡혀
>   흐르는 실안개로
>   이름난 술잔에 뜨고
>   맑은 이슬은

연꽃 잎새에 젖네
예법은 더욱 높아
거동은 찬란하고
환패 대홀 외관들이
성세(盛勢)를 자랑컸다
어별(魚鼈)은 축하오고
물신령들 모였세라
조화 황홀하다
숨은 덕이 높을시고
북을 치니 꽃이 되고
술잔 속에 무지개라
천녀는 옥저 불고
서옹모는 거문고를
술 한잔 다시 부어
만만세를 축수하리
얼음 같은 과실이오
소반 위에 수정과라
온갖 진미 배 부르고
깊은 은혜 뼈에 스며
바닷물을 마신듯이
봉래산에 구경 온 듯
즐거웁자 이별이라
풍류도 꿈인 것을

이에 관좌한 사람들 중 탄복치 않는 이가 없었다. 용왕이 사례하면서 말하기를,

"마땅히 이 시편을 돌에 새기어 길이 후세에 전하리로다."

한생이 사례한 뒤 용왕께 청하기를,

"이번 용궁의 좋은 일을 잘 구경하였나이다. 또한 궁전의 광활함과 강역의 웅장함을 한 번 구경할 수 있겠나이까?"

"그렇게 하시오"

한생이 명을 받고 나오니 다만 옥색 구름이 주위에 둘러 있을 뿐 동서를 구별할 수가 없으니 용왕이 명하여 구름을 쓸어 없애게 하자, 한 사람이 뜰에 서서 입을 오무리고 공중을 향해 한번 부니 천기가 별안간 밝아지고 뫼와 바위들도 없어지며 다못 세계가 보일 뿐인데 평평하고 넓기가 마치 바둑판과 흡사하였다.

거기에는 온갖 화초가 널려 있으며 금모래가 펼쳐 있고 뜰이 가이 없이 넓은데 다 푸른 유리로 깔아 놓은 것이었다. 빛과 그림자가 얼룩이며 번쩍이는데 용왕이 두 사람에게 명하여 지휘하여 관람케 하니 한 다락에 이른지라. 그 다락 이름은 조원지루(朝元之樓 : 하늘에 조회하는 다락)라 하였는데 전체가 파려(坡 㼉)로써 이루고 구슬과 옥으로 꾸민 뒤 금벽(金碧)을 올린 것이었다. 그 위에 올라가매 마치 공중을 밟는 것같고 층대는 십층이라 한생이 여덟째 층대에 오르려 할 때 사자는,

"그만 오르시지요. 용왕님의 신력(神力)이 아니시면 오르실 수 없습니다. 저희들도 아직 그 위는 보지 못했습니다. "

이 다락의 윗층은 구름 위에 솟아 보통 사람으로는 도저히 오르지 못하는 곳이니, 한생은 할 수 없이 내려와 또 한 곳에 당도하니 곧

능허지각(凌虛之閣)이었다.

"이 건물은 무엇하는 곳인가요"

"상감께서 하늘에 국회하실 때 그의 의장을 정제하여 그 의관을 장식하는 곳입니다."

한생이 또 물었다.

"이것은 무슨 물건인가요."

"그것은 운모(雲母)로 된 거울입니다."

또 북이 있는데 크고 작은 것에 한 번 두드려 보고자 하니 사자가 한생의 행동을 제지시키면서 말하기를,

"만약 한 번만 칠량이면 백가지 물건이 다 놀래는 벼락 귀신의 북입니다."

또 하나 곁에 있는 물건을 한생이 한 번 흔들어 보고싶어 하니 사자가 제지하면서 말하기를,

"만약 한 번 뿌리면 크게 홍수가 나서 산이 무너지고 물난리가 날 것입니다."

한생이 말하기를,

"그럼 어찌하여 구름을 불러 일으키는 기계를 마련하지 아니하였소?"

"그것은 상감께서 신력으로 그렇게 만들수 있는 것이지 무슨 기계가 필요하겠습니까?"

"그러면 우뢰, 번개, 바람, 비를 맡은 분들은 어디 있는 것이오?"

"네 그것은 옥황상제께서 그들을 은근한 곳에 숨겨 두었다가 왕께서 나오시면 한 곳에 모이게 하지요."

그 밖에 남은 기구가 많으나 능히 다 알 수 없었다. 또한 긴 복도가

있었는데 길이가 수리(數理)나 되고 문에는 튼튼한 자물쇠를 잠궈 두고 있었다. 한생이 물었다.

"예가 어디오?"

"이곳은 용왕님의 칠보(七寶)를 간수해 둔 곳 입니다."

얼마동안을 두루 구경하였으나 다는 볼 수 없었으므로 한생은 그냥 돌아올 수 밖에 없었다. 그런데 돌아가려 하매 문이 겹겹이 닫혀 있어 어디가 어딘지 알 수가 없었다. 사자에게 길을 인도하라고 하고 본래 있던 곳에 이르니 용왕에게 감사를 표하기를,

"대왕의 덕택으로 좋은 경치를 유감없이 구경 하였나이다."

한생은 곧 하직하고 인사를 교환하였다. 이에 용왕은 산호반 위에 깨끗한 구슬 두 개와 빙초(氷綃) 두 필을 담아서 노자로 준 뒤에 나와 전송할새 그 세 손님 또한 일시에 다 하직을 고하였다. 용왕은 다시 두 사자를 시켜 메를 뚫으며 물을 헤치는 기구로 한생을 송환하였다. 한 사람이 한생에게 말하기를,

"저의 등에 타십시오. 그리고 눈을 감으시고 반식경만 계십시오"

한생이 그 시키는 대로 하였더니 한 사람이 기구로써 선도하는데 흡사 허공 위로 나는 듯 오직 바람과 물소리 뿐으로 옮기는 소리는 들리지 아니하였다. 이윽고 소리가 끝나매 멈추어 눈을 뜨니 자못 자기의 방에 들어누워 있더라. 한생이 부르기에 나가보니 별은 이미 자고 동방이 장차 밝으려 하였고 닭이 세 홰나 쳤고 오경이 되었다. 급히 그의 품 속을 뒤지니 아까의 그 구슬과 빙초가 있으니, 한생은 그것을 깊이 간직하여 남에게 보이지 아니하였다.

그 뒤 한생은 이 세상의 명리(名利)같은 것은 꿈에도 생각지 아니하며 명산에 들어가니 그 마친 바를 알 수 없더라.

장국진전
張 國 振 傳

◇작품 해설◇

　임진, 병자호란에서의 전쟁 경험을 소재로 하여 한국판 「삼국지」라 할 수 있는 군담소설(軍談小說)로서 명나라를 무대로 주인공 장국진(張國振)이 도술을 익혀 달마국의 침공을 받았을 때 대원수로서 크게 공을 세웠으나 간신들의 참소로서 귀양을 가게되고 이때 다시 달마국이 침략하였으므로 장국진은 귀양지에서 필마단기(匹馬單騎)로 달려가 임금님을 구출하였으나 전중(戰中)에 병을 얻었다.

　이에 전세가 불리하고 위태로와질 때 장국진의 부인 이씨(李氏)가 아무도 모르게 도술로서 신병(神兵)을 거느리고 가서 남편의 병을 선약(仙藥)으로 고치고 또 적군을 격파하고 돌아온다는 이야기.

　이 소설도 「유충렬전」과 같이 신선의 도술을 받아 주인공이 출세하고 유교를 뒷받침으로 하여 임금을 위하고 전쟁을 통하여 이루어지는 부귀와 공명(功名)의 이야기를 전편에 걸쳐 흥미진진하게 영웅의 생애를 그린 작품이라 하겠다.

　이 소설은 또한 왜족이나 오랑캐에 대한 적개심, 복수심에서 삼국지가 모티브가 되었다고 할 수 있으니 그 내용이나 전진법(戰陣法) 배경(背景), 묘사방법(描寫方法) 유사한 지명(地名)의 사용 등이 그것이다.

장국진전(張國振傳)

　대명 성화연간(大明成化年間)에 명나라 강임이란 곳에 한 재상이 살고 있었는데, 성은 장씨로 이름은 경구라 하더라. 장경구는 일찍 용문에 올라, 벼슬이 좌승상 복야에 이르렀으나, 시운이 나빠서였던지 간신의 참소를 당하여 고향으로 돌아와 버리고 말았다.

　고향에 돌아와서는 농업에 힘쓰고 가사를 살피며 지내더니 이러저러 해서 세상에 바랄 것도 없었으나, 다만 슬하에 일점 혈육이 없어서 그것이 매양 그의 마음을 슬프게 해주니, 하루는 부인 왕씨를 향하여 장경구가 말하기를,

　"내 마음을 좀 위로하소서."

　왕씨도 남편의 불행한 마음을 언제나 민망하게 생각하고 있었던지라, 이 말을 듣자 시비를 시켜서 주안을 들여다가 승상에게 술을 권하더라.

　술이 조용히 몇 잔 돌았으나, 장경구는 별안간 무거운 한숨을 내쉬며 왈,

"내 팔자 기박하여 연기가 진명하도록 일점 혈육이 없으니, 선영봉사를 뉘게 전하리요!"

하고, 탄식하더라.

부인은 눈물이 날 지경이라 말하여 가로되,

"첩의 죄가 많사와 칠거지악을 범하였사오니 처분대로 하옵소서."

하고, 왕씨는 죄를 느끼며 절망해 말하더라.

그러자 시비가 들어와 웬 중 하나가 승상을 뵈옵고자 한다고 여쭈니 장경구는 무언가 일종 막연한 기대에 끌리면서 중을 중당으로 맞아 들여 초대면의 인사를 하고 자리에 각각 앉아 자세히 관찰한즉 중은 과연 상당한 인물인것 같아 사람됨이 거룩하고, 풍채가 또한 보통이 아니어서 바로 보기가 힘들고, 이에 장경구는 중을 위해 별좌를 청하더라.

"존사는 어디 계시며, 무슨 일로 이렇 듯 누지에 왕림하셨나이까?"

하고, 묻자 장경구가 경의를 다해서 중에게 물었더니,

"소승은 사해 팔방을 집 삼아 거처 없이 다니는 빈승이옵니다. 상공께서 자손이 없어 한탄하시기로 귀동자를 점지코자 왔나이다."

장경구는 놀라움을 금치 못하며 꿈에도 미처 생각지 못한 일이었던지라 그저 존경과 감명과 경건한 마음뿐이더라. 사람을 몰라보고 거만하게 대접한 죄를 용서하라고, 이렇게도 빌고 저렇게도 빌고, 그러면서도 실은 거만하게 대접한 것은 아무것도 없는데도 다만 스스로 그렇게 여겼을 뿐이라고 생각하더라.

최후로 그는 감사해서 말하기를,

"세존님 덕택으로 혈육을 점지하옵시기를 천만 바라옵나이다."

"적선지가에 필유여경이라 하오니, 상공께서도 적선하옵소서. 지성 이면 감천이라 하오니, 명산대천에 정성껏 발원하옵소서. 틀림없이 귀자를 보실 것이오니, 부디 소승의 말을 허하게 여기지 마옵소 서."

하고, 이쪽은 아무렇지도 않게 말하고 나서 일어서더라.

신기한 도사의 이야기는 그것 뿐이었으나, 더욱 신기한 것은 그가 물러가는 광경이더라. 섬돌에 내려 두어 걸음 걷는가 하더니, 오운이 일어나 그를 휩싸고, 다음 순간에는 어디로 없어졌는지 망망하더라.

주인은 하늘을 향해 열심히 감사하며, 하늘만이 그러한 기적을 해낼 수 있기 때문이라고, 하늘이 자기를 도왔다고 생각하더라.

장경구는 이날로 금화산에 들어가 퇴락한 절을 중수하고, 목욕재계 해서 제물을 차려놓고 부처님 앞에 정성껏 빌었더라. 집으로 돌아와 이러한 이야기를 부인에게 자세히 설명해서 들려주었더니, 왕씨도 남편의 정성에 감루하더라.

기적은 이날 밤으로 이루어졌으니, 장경구가 꿈을 꾸매, 하늘에서 청룡이 내려와 입을 벌리고 그에게 달려들더라. 그러자, 그 청룡은 얼핏 변하여 난데없는 선동이 되어버렸고 선동은 그의 앞에 절을 하고 말하기를,

"소자는 천상 벼락송이옵더니 옥제께 득죄하고 인간에 내치시매, 갈 바를 모르옵다가 마침 세존님이 승상께 지시하옵기로 왔사오 니, 어여쁘게 여기소서."

선동의 이런 말을 그는 꿈 속에서도 똑바로 들은 듯 여기더라.

선동은 이와 같이 말하고 어느 사이엔가 간곳 조차 없더라. 장경구 는 선동을 찾다가 놀라서 깨어 일어나니라.

꿈이 하도 신기하고, 그 자신의 눈으로 본 듯 하게 선명해서 그는 눈을 뜨고도 한동안 꿈인 줄 모르고 기괴한 망상에 잠겨 있다가 앞에서 자고 있는 부인을 깨워 꿈 얘기를 하니, 왕씨 역시 비슷한 꿈을 꾸었다는 것이더라.

아! 이 얼마나 신기한 꿈인가. 왕씨의 몸에 이날부터 태기가 있더니, 열 달 만삭이 되던날, 기적은 또 부인에게 와 주니 왕씨가 몸이 불편하매 해산을 예감하여 침석에 누운채로 있는데, 이상한 향기가 방안에 그윽해지며 부인이 그것을 느낀듯 했을 때, 산모가 옥동자를 분만하니라. 이와 동시에 패옥소리가 나며 선녀 한쌍이 내려와서, 익숙한 솜씨로 옥병의 향수를 기울여 갓난아기를 씻어 주고, 그것이 끝나자 조심스럽게 아기를 눕혀 주더라. 산모는 감동해서 말하여 가로되,

"선녀는 어찌하여 인간 누지에 와서 치산(治産)함을 마지아니하니 황공 감사하여지이다!"

"우리는 천상에서 해산 소임을 맡았는데 상제의 명을 받자와 해산 보러 왔삽나이다."

하고, 그 중 한 선녀가 산모를 동정의 눈으로 보며 말하기를

"이 아이는 천상 선관으로 인간에 적강하였사오니, 귀히 길러 후일에 영귀를 보옵소서. 이 아기의 배필로 두 선녀가, 인간에 내려왔사오니, 하나는 월중 항아요, 하나는 동정호 용왕의 딸이오니, 이 두 선녀를 찾아 배필을 정하옵소서."

하고, 선녀 한 쌍은 그 선녀들의 해산을 보러 간다고 하고서는 문득 없어져 버리더라.

왕씨는 꿈인지 생시인지 알 수가 없었으나 참으로 신기해서 하늘에

무수히 감사를 드리고 싶을 뿐이었더라.

또한 이 모든 엄연한 현실은 산모의 마음을 미칠 듯이 기쁘게 해 주었고, 부인의 해산함을 들은 정경구는 기뻐서 내당으로 달려 들어 가보니 아기는 과연 그의 눈에는 기남자더라. 어린 아들을 안고 등을 살펴보니, 검은점이 이십팔수(二十八宿)를 닮아있으니 아버지의 기쁜 감동은 이루 말할 수 없더라. 아들은 보통 아이가 아니라 천지조화를 지니고 있는 것이더라.

장경구는 이 기특한 아들에게 이름을 국진(國振)이라 지어 주고, 자는 용상이라 부르기도 하고 산모에게 감사와 위로를 하고는 가슴이 뿌듯하도록 득남한 행복을 품고 그 방을 나서더라.

이쯤 되고보니, 어린 국진은 부모의 극진한 사랑속에서 봄날의 새싹처럼 무럭무럭 자라더라.

세 살 때 아이 장래를 알아볼 수 있었고, 일곱살이 되자 기상과 풍채가 어른다우니, 아들을 바라보는 승상 부부의 기쁨은 그 아들의 숙성과 함께 나날이 깊어져 가더라. 이것은 그들의 유일한 행복으로, 이보다 더 좋은 행복이 어디 있겠는가. 말하자면 그들의 행복은 완전한 것이더라.

그러나, 이러한 완전한 행복이 인간에게 있을 수 있겠는가. 달도 차면 이지러지듯이, 행복도 넘치면 불행을 예감케 하는 법이라.

일찌기 용문에 올라 벼슬이 좌정승이었던 장경구가 어찌 간신의 참소를 받아야만 했던가. 시운이 그러했던 것이라면 그것은 이 세상의 비극이 아닐 수가 없었으니, 장경구와 그의 가정이 지금 또 그러한 상태더라.

요즘에 와서 부쩍 강성해진 달마국이 명나라를 침노했으니, 백성들은 혼란과 도탄에 빠져 피난하느라고 정신이 없더라.

이 거창한 국가적인 동란의 불행을 장경구의 가정인들 어찌 피할 수 있을 것인가. 그들의 행복은 이 계기로 깨져 버리고 말았더라.

장경구는 부인과 어린 아들을 데리고 산중으로 난을 피해서 도망하매, 적병은 그들을 추격하니, 도망하던 중에 장경구와 왕씨는 아들과 갈라졌으니, 그들이 한참 정신없이 달려 가다가 놀라서 뒤를 돌아보았을 때에는, 국진은 적병들에게 잡혀 시야에서 사라져 가더라.

장경구와 왕씨는 그 자리에 털썩 주저앉아 땅을 치며 통곡했으나, 그것은 아무 소용 없는 일이더라.

어린 국진은 적병에게 끌려 갈때 조금도 울지 않으매, 적병의 선봉장 은통이란 자는 소년을 훑어보더니, 혼잣 말처럼 말하더라.

"이 아이는 후일에 반드시 명장이 되리라."

은통은 장래성있게 보이는 소년을 끌고 가 달마왕에게 바쳤더라.

달마왕 역시 같은 의견이었으니, 잘만 기르면 후일에 대장이 되고 주석지신이 되고 또한 훌륭한 충신이 되리라 하는 것이 그의 솔직한 견해였더라. 돌에서 옥을 가려내고 말에서 준마를 가려내는 눈으로 그들은 소년 국진을 평범한 아이들로부터 가려 낸 것이더라.

그리고 옥을 가려냈으면 잘 갈아야 하고 준마를 가려냈으면 어떠한 말보다도 잘 길을 들여야만 하는 것을 달마왕은 잘 알고 있던 터라, 달마왕은 준마를 마사(馬師)에게 맡기듯이, 백원도사를 모셔다가 국진을 보게 했으니, 도사는 사람에 대한 마사와도 같더라.

더구나 백원도사로 말하면 백원산에서 오만년을 살아 왔다고 하는 유명한 도사였으니, 오만년을 살았는지 아닌지는 누구도 증명할 수 없는 일이었으나 시간과 공간을 초월한 손오공도 있고 보면, 백원도

사의 명예를 위해서 잠시 세간의 항설을 그대로 시인해 두는 것도
좋으리라.

어쨌거나 백원도사는 유명한 인물임에는 틀림이 없었으니, 천문
지리에 능통하고, 육도삼략을 무불통지하고, 게다가 구궁팔괘니 육정
육갑이니 하는 따위, 친지간의 오묘한 진리에 아니 통달한 것이 없더
라. 달마왕이 도사를 청해온 것도 바로 이러한 점에서인 것이더라.

백원도사는 소년을 한번 쓱 훑어 보더니 놀라면서 말하기를,

"천상 벼락성이 대명에 떨어져 자취를 모르더니 이제 보오니 이
아이가 이십팔수를 응하고, 칠성을 타고 낳았으니 만고충신이 될
것이요, 백이숙제의 충성을 가졌으니 아무렇게나 남에게 항복하지
는 않을 것이요. 살려두면 목전에 큰 환을 볼 것이니, 빨리 내어
다가 베소서."

달마왕은 못 볼 것을 보았다는 듯한 표정이 되어, 선봉장 은통에게
이 끔찍한 소년을 어서 빨리 내 앞에서 내쳐다가 문전에서 참하라고
엄명을 내리더라.

가엾은 소년은 은통에게 끌려 나갔으며, 칼을 뽑아 치려고 할때,
소년은 그에게 매어 달려 죽이기 전에 내 소원을 들어달라고 애걸하
여 말하되,

"부모 골육이 소인뿐이오니, 장군은 대은을 베푸셔서 죽어도 육신
만이나 완전하게 물에 넣어 주옵소서."

은통은 들었던 칼을 못마땅한 듯이 그대로 그 손을 내리더라.

그는 어린 소년의 애걸이 측은하게 생각되었던 모양이더라.

"이 애가 이토록 애걸하니 베어 죽인 것으로 고하고, 물에 넣어
죽임이 어떠하뇨?"

126

하고, 그는 동료 장군에게 말하니, 다른 장군들도 고개를 끄덕해 보이니, 사실 눈물을 뿌리며 애걸하는 소녀늘 그대로 참형에 처한다고 하는 것은 너무나 잔인한 짓이고, 또 무사의 양심에도 맞지 않는 일이더라. 그러나 왕의 명령이니 살려 둘 수는 없는터라, 은통은 소년을 끌고 강변으로 나가, 결박을 풀어 깊은 물속에 집어 넣었으니, 소년은 이상하게도 저항이나, 공포나, 비애의 감정을 추호도 나타내지 않더라.

그러자, 참으로 신기한 현상이 다음 순간에 일어났으니, 은통은 놀라서 그대로 거기에 선 채 그 광경을 지켜보고 있더라.

물 속에서 별안간 시꺼면 물체 하나가 솟아 오르더니, 다음 순간 은통은 그것이 배라는 것을 깨달았고, 웬만큼 큰 아담한 배였는데 배 위에는 청의 동자가 노를 가지고 서 있었고, 소년을 건져서 자기 배에 싣고, 그대로 말없이 사라저 가더라. 주위에는 오운이 모락모락 일고, 은통이 정신을 차려 칼을 빼어 들었을 때는 그 배는 오운 속에 숨어서 종적조차 알 수가 없더라.

은통은 배가 사라진 뒤에도 한참동안 그 곳에서 멍하니 서 바라보니, 너무나 신기해서 그 기적의 신비와 소년의 전후를 생각하느라고 그는 자신도 잊은 듯 하더라. 국진은 그 배가 어디로 갔는지도 몰랐고 육지에 올라 뒤를 돌아 보니, 배는 보이지 않더라.

불시로 외로워진 소년은 그러나 산으로 걸어 올라가더라. 무언가 찾으려는 막연한 기대를 가지고 점점 깊숙히 산으로 밟아 들어가니, 사람이 사는 것 같지도 아니했고, 아까 바다에서 섬으로 생각했던 그 섬도 이렇게 깊숙이 들어오고 보면 전혀 섬 같지도 않더라.

온통 산으로 뒤덮인 육지는 들어가면 들어갈수록 깊고, 험하여,

어린 소년에게는 너무도 벅찬 대자연의 신비로 가득차 있더라. 그는
자기 혼자라는 것만을 알고 있을 뿐이더라.

그래서 울지도 아니했고, 오히려 자신이 대견스럽게만 생각되기도
하더라. 때로는 푸른 대밭과 늙은 소나무만이 대낮에도 어두울만큼
빽빽하게 서 있는 곳도 있었고, 그런가 하면 시야가 별안간 넓어져서
저 앞으로 하늘에 맞닿을 것만 같은 기암괴봉이 자랑스럽게 솟아올라
푸른 하늘의 아름다운 구름과 희롱하고 있는 듯도 하더라. 거창하게
지축을 울리는 폭포의 물소리와 참새소리와도 같은 아름다운 골짜기
의 물소리가 이따금 대조적으로 돌려 오기도 하더라.

소년은 이러한 자연의 신비에 감탄하며 목표도 없이, 자신도 알
수 없는 호기심에 끌려 걷는 대로 걸어 들어 가더라.

그러자 전면 높직한 바위 위에 한 사람이 있는 것을 발견하고 국진
의 마음은 한없이 반가워 하더라. 그 자신은 알지 못하고 있었으나,
이때까지 자연만을 상대해온 소년의 마음은 그러고보면 사람을 그리
워 했음이더라.

처음에는 바위 위에 하나의 자그만 돌을 올려놓은 것처럼 보였던
그 사람은 접근해 갈수록 점점 커져서 이제는 갈건야복을 한 노인이
었고 노인은 아까부터 그 자리에서 전혀 움직이지 않고 무언가 무릎
위 것을 만지고 있는 듯 했는데, 그것은 오현금이었고 또 한 손에는
청학선을 쥐고 접었다 펼쳤다 하고 있더라. 폭포소리로 아니 들리던
오현금의 곡조도 아름답게 소년의 귀청을 자극시켜 주더라.

장국진이 반가운 마음으로 가까이 달려 올라가자 노인은 오현금의
손을 멈추고 소년을 보며 마치 기다렸노라는 듯이 말하여 가로되,

"천상에서 득죄하고 인간에 내려와 고락이 어떠하며, 달마왕에게

잡혀 욕을 보고, 삼만리 동정호를 무사히 건너 왔느냐?"

감격한 장국진은 덮어놓고 절을 하고 또 구변을 다해서 인사하여 여쭈되,

"무지한 인간 아이가 선경에 들어와 존안을 뵈오니 소자의 죄는 만사무석이로소이다. 천상의 사정을 살피오니 황공 감사하여이다!"

"이 산 이름은 여학산이요, 내 별호는 여학도사라. 이 산중에 들어온지 이미 육만 삼천년이라. 너는 고생을 생각지 말라. 자고로 영웅호걸이 초년에 곤함이 예사라, 너의 부모 이별하기도 천수요, 적병에게 잡혀가기도 운수요, 삼만리 건너와서 나 만나기도 또한 연분이라."

장국진은 이렇게 교훈 비슷하게 말해가는 상대방 도사를 일종의 경건한 감명을 가지고 우러러 보더라.

소년의 눈에는 너무도 거룩하게만 보이는 노인은 머리도 하얗고, 수염도 하얗고, 얼굴도 하얗고, 그 전신이 순백한 이 세상의 인간 같지 않은 천상의 신인을 연상케하더라.

그러고 보니 이 산에 들어와 육만삼천년 되었다는 노인의 말이 그럴법도하고, 또 자기가 삼만리 동정호를 건너왔다는 얘기는 자기자신이 무척 대견 스럽게 생각되더라. 어째서 이런 곳을 오려면 삼만리를 와야 하고, 육만삼천년의 상상조차 할 수 없는 거창한 세월과 공간을 넘어서야만 하는가. 그것이 소년에게는 의문스럽기도 하더라.

그러나 노인의 이야기가 자기에게 점점 접근해 오고 현실에 관계되는 얘기인지라 소년의 공상이나 감동은 그대로 사라져 버리고, 도사의 말에 그는 열심히 귀를 기울이더라.

"이제 칠년 후면 부모도 만나 영귀를 볼 것이니…"

하고, 도사는 여전히 교훈조로 말을 계속하더라.

"남아가 세상에 나매, 태평시절에는 학업에 힘써서 용문에 올라 국정을 다스리고, 난시를 당하매 육도삼략과 손오병서를 배워 절월을 앞세우고 손에 창검을 잡아 적병을 물리치고 천자의 근심을 덜고 이름을 기린각에 올려 천추에 전함이 장부의 소임이라."

"선생이 이런 소임을 소제더러 배우라 하시니, 황공하옵고 부모를 다시 만난다 하시니 미련한 마음에 황달하오이다!"

하고, 장국진은 또 감동해서 절을 올리더라.

이러한 어린 소년의 어른과 같은 예절과 태도와 언변에 도사는 조금도 놀라는 것 같지 않더라. 그는 오히려 이 기특한 소년을 가르치려고 하는데만 급급해 있는 듯 하더라.

도사는 동자를 불러 저녁밥을 빨리 준비하라고 재촉할제 국진이 주위를 자세히 살펴보니 도사의 조촐한 초옥은 그쪽 아래 얼마 떨어지지 않은 곳에 있더라, 초당으로 들어가 저녁밥을 대접 받으면서 국진은 인간의 음식이 아니고 분명 선인의 음식이려니, 하고 생각하더라.

"무지한 아이가 선찬을 먹사오니 황공하여이다!"

하고, 소년은 감격한 마음을 참을 수가 없어서 그렇게 감사하더라.

이튿날부터는 도사의 특별하고 엄숙한 교육이 시작되었으니, 그 대충을 추려 보면 대강 이러한 항목으로 나눠있더라. 육도삼략, 육접육갑, 천문지리, 둔갑장신, 풍운조화, 육출기계 등등…

이러한 어려운 병서 무예와 변화 술법을 장국진은 척척 익히니 하나를 가르치면 열 가지를 아는 그의 총명과 노력에 스승이 오히려

130

경탄할 정도이더라.

각설하고, 소년의 아버지와 어머니는 어떻게 되었는가. 장국진의 교육을 도사에게 맡겨 놓고 여기서 잠시 줄을 바꾸어 장경구 내외의 소식을 들어 보기로 하자.

아들을 잃어버린 승상 부부는 너무도 절통하고, 도저히 살아갈 것 같지가 않으매 밤 늦게까지 산에서 울다가 이슬이 축축히 젖어 오고 어디선가 짐승의 우는 소리도 들려왔을 때, 절망힌 부부는 퉁퉁 부은 다리를 이끌며 산길을 더듬어서 내 집으로 돌아오니, 죽어도 아들의 소식을 알고 죽고, 또 행여나 집에 가면 있으려니 하는 막연한 기대 때문이더라. 그리고 좀더 잔인한 춘추의 필법으로 말한다면, 그들도 약한 인간이었기에 무서운 산중에서 밤을 보낸다고 하는 것은 도저히 죽기보다도 어려운 일이었을 것이리라.

이러한 가지 가지 이유가 곁들여서 집으로 돌아왔으나, 이 때 적병은 깨끗이 철수해 보이지 않았고, 그 대신 집도 잿더미가 되었더라. 아들은 커녕 집도 재물도 적병이 죄다 가져가 남은 것이라곤 잿더미가 되어 버린 빈 폐허뿐이었으니, 이 참혹한 현실은 그들의 마음에 절망과 인내와 증오와 분노를 주는 이중 삼중의 결과가 되었더라.

그들은 최후까지, 살 때까지 살아서 희망을 찾으려고 결심하더라. 폐허로 화한 집과 고향을 버리고 구걸의 길에 올라 변성명하고 옷도 거지처럼 차리고 사실 입을 것도 없었지만, 이렇게 아예 거지가 되어서 이 마을 저 마을로 밥을 구걸하고 또 장사도 하면서 유일한 희망인 아들을 찾아 다녔더라.

그리하여 최후로 이들 가엾은 두 내외가 머물게 된 곳은 강주땅의 김성이란 사람의 주점이더라. 구걸도 장사도 시원치 않아 두 사람은 이 집에 의지하기로 하니, 그것도 거저 먹는 것이 아니라, 장경구는 말을 먹이고 부인은 풀치기를 한다는 조건이더라.

이쯤 되고보니, 그 옛날에는 벼슬이 좌승상까지 올랐던 장경구 내외의 고생이 어느 정도라는 것은 가히 짐작할 수 있는 일일러라. 그런 중에도 그들은 희망을 버리지 않고 있었으니, 생사를 알 수 없는 아들, 그러나 잔등에 이십팔수가 엄연히 보장되어 있는 아들, 천지조화를 지닌 아들, 그 아들이 죽을 수는 없다고 그들은 굳게 확신하고 있기 때문이더라. 그러기에 더구나 사람의 왕래가 빈번한 길목의 주점을 그들은 택하고 있는 것이리라.

이러저러 세월은 흘러 칠년이 지나니 그들 부부는 아예 딴 사람이 되어 알아볼 수도 없을 정도더라. 장국진은 이런동안 그의 교육을 마치고 이제는 세상으로 다시 나올 때가 되었으니, 그만한 천품이 있었기에, 손오공이 도술을 배우고 고향으로 돌아오는 것이나 다를바 없더라.

여학도사는 수보리조사가 손오공을 떠나보내듯이 자기의 사랑하는 제자를 불러 말하여 가로되,

"네가 이제 도학을 통하였으니 세상에 나갈 때라. 네 운수도 진하고 부모와 만날 때가 되었으니, 나가서 평생 배운 재주를 베풀고 부모 거처를 찾으며 부디 남을 업신여기지 말라."

"선생님의 가르치심을 들으려니와 언제 부모를 만나오리까?"

이제는 제법 자신이 있어진 장국진이 그렇게 물으니, 여학도사 말하여 가로되,

"천기는 누설치 못할 것이니 자연 만날 날이 있으리라. 장부 공명을 이루려 할진대 때를 잃지 말라. 내가 간밤에 옥경에 올라가니

태상노군이 옥제께 여짜오대 '취성이 자미성을 침노할 마음이 있나
이다'하니 옥제께서 대로 하사 '취성을 세상에 두지말라'하였으니,
너는 대공을 이룰 때다."

하고, 도사는 차고 있던 칼을 끌러 제자에게 주더라.

"이 칼이 비록 작으나 전장을 당하면 스스로 펼쳐 장창이 되나니
인류으로 이름을 절륜도라 하니라. 사람은 물론이요 수화라도 한번
치면 좌우로 갈라지는지라. 그런고로 천하 보검이며, 또 이 부채는
창학선이니 수화를 당하여 부치면 범치 못하는 지라 천하 보배라."

하고, 도사는 또 부채 한 자루를 주며 이르기를,

"이 두가지만 있으면 족히 두려울게 없느니라. 일후에 은혜 잊지
말라. 나를 다시 만날 날이 있으리라."

이렇게 말하고 나서 도사는 슬며시 일어서더라.

장국진은 감동해서 재배 사례하고 일어서보니 도사는 연기처럼
없어져 보이질 아니하더라. 집도 보이지 아니했고, 그것을 가리었던
나무 뿐이더라.

장국진은 허공을 향해 감사를 하고, 그제야 스승에게 이별하는
글 몇 귀를 바위에 적어 놓고 절륜도와 청학선을 간수해서 강변으로
내려왔더라. 강변에는 그를 기다리기도 한듯 선동 하나가 표주를
물가에 대었으매 국진이 물어 가로되,

"선동은 그 배로 어디 가십니까?"

"나는 물 지키는 용왕의 시종으로, 폭포동으로 약을 캐러 갔삽다가
길에서 여하도사를 만나 분부하시되, 상공을 건네 주라 하시기에
왔나이다. 빨리 오르소서."

국진은 고마워서 어쩔 줄을 몰라 하더라.

배는 순식간에 반대쪽 육지에 닿았고, 국진은 선동에게 인사를
하고 배에서 내려 걷기 시작하더라. 갈 곳이라곤 없었으매, 옛집으로
향하니, 발이 자연히 고향으로 움직여 갔다고 하는 것이 좋으리라.
아무리 새로운 도학을 배워 인간이 달라졌다고 하더라도 칠년전의
타성은 그대로 있더니라.

산천은 변함이 없었고, 없던 곳에 풀이 돋고, 나무가 무성하다는
정도의 차가 있을 뿐이었더라. 그러나 집은 간곳이 없고 잘못 찾아들
었는가도 생각했지만 풀이 우거져 있었으매 국진은 털썩 주저앉아
체읍하니 이렇게 울어본 것도 처음이라고 생각되더라.

아! 사람이란 고향을 잃었을 때 무한히 외로운 것이구나. 그것은
부모에 대한 정과 같은 성질의 것이 아닐까.

고독과 비애를 의식적으로 즐겨 보기라도 하듯이 소년이 이렇게
온갖 감정을 풀어놓고 울고 있을 때, 한 노인이 옆을 지나가매, 국진
은 울음을 멈추고 그 노인을 붙들고 옛날 이곳에서 살고 있던 장승상
은 어디로 갔느냐고 물으니, 노인이 답 왈,

"그대는 어찌 묻나뇨?"

노인은 소년을 잠시 훑어보다가 의아스러운 듯 반문하더라.

"좀 알 일이 있나이다."

하니, 노인은 소년의 옆에 자리를 같이하고, 긴 한숨부터 짓고, 천천
히 말하여 가로되,

"그 장승상이라면은 가엾게 되었느니라, 난시에 아들을 잃고 종적
을 모르매, 나중에 들으니 장사도 하고 구걸도 한다 하더구나. 그러
다가 또 들으니, 강주 돌이원에 있는 김성의 집에서 말을 먹여
주고 있다더구나. 그러구러 소식이 감감하지."

노인은 이런 식으로, 때때로 슬픈 한숨도 지어 보이며 말을 계속하더라.

국진은 일어서며, 노인에게 짤막하게 인사를 하고 줄달음질을 치면서 강주 돌이원 김성의 집이라는 말을 머리 속에서 몇번이고 되풀이해 보더라.

주점은 이내 찾아 말을 먹이는 예의 장승상도 이내 만날 수가 있더라. 그러나 칠년이라는 시간이 이 불행한 부자의 상봉을 얄밉게도 더디게 해주었으니, 노인은 아들이 딴 사람처럼 자라서 알 수가 없었고, 아들은 말을 먹이는 아버지의 변모를 보고 잠시 기인가 미인가 하더라. 이런 경우 서로의 해후는 그 감격의 밀도를 몇 배로 증가시켜 놓더라.

국진 부자도 역시 마찬가지여서 의아의 경악과 비탄과 또 무언가의 본능적인 힘에 의해서 접근되었으며, 몇 마디의 거북한 문답이 오고 가고, 끌어안고, 감격의 눈물을 흘렸고, 말하자면 이런 경우에 있을 만한 온갖 감정이 하나의 절정으로 달리며, 폭발한 것이라. 이 때 어머니 왕씨도 놀라 달려 나와 아버지 이상의 격렬한 감격에 젖어 버리더라.

최후로 주점의 주인 김성이 달려나와, 이들과는 다른 특별한 감동에 취해 버리더라.

"승상을 아지 못하옵고 막하로 대접하였사오니, 불승 황공 죄사 무석이로소이다!"

하고, 김성은 지금까지의 하인에게 꿇어 엎드리며 사죄하더라. 이쯤 되고보니, 사태는 매우 우습게 되어 버렸으며, 김성의 대접은 별안간 달라지고, 새옷을 내어온다, 특별한 음식을 내어 온다 하면서 주인

부부는 야단 법석을 떨더라. 뿐만 아니라 김성은 없는 가재를 털어서 이들을 위해 집을 지어 주더라.

국진은 아버지와 어머니와 서로의 과거 얘기를 하느라고 정신이 없으니, 아버지는 자기의 고생담을 하고, 아들은 여학도사를 만나 신기한 술법을 배운 것을 낱낱이 설명했고, 어머니는 이러한 아들을 지켜보며 감동해서 이제는 죽어도 한이 없다고 하며 눈물을 흘리더라.

이렇게 해서 세 사람은 칠년만에 감격의 해후를 하고 김성의 주선에 의해 편안하게 집을 갖출 수도 있었으니 승상 정도의 고관이라면 그것이 옛날의 벼슬이라도 잘 대접해야 한다는 진리를 그는 잘 알고 있었기 때문이더라.

행복은 다시 이 세 사람에게로 돌아왔으니, 즐거운 생활은 계속되더라. 아들이 믿음직하게 자라고 공부도 많이 했으니, 이제는 부모에게 소원이 있다면 아들에게 적합한 며느리를 얻자는 일이었으며, 며느리를 얻고 또 때가 와서 과거를 치르고 장원급제를 한다면 부귀영화는 저절로 찾아드는 것이 아닌가. 장경구 내외는 그것만을 바라고 지내더라.

이 때 근처 마을에 소녀 하나를 데리고 사는 춘운이라는 여자가 있었으니, 춘운은 원래가 시비로, 볼 것이 없었으나 그 여자가 데리고 있는 소녀만큼은 장차 절세가인이라고 해서 좋을 정도라. 그러니까 춘운이 소녀를 데리고 있는 것이 아니라, 소녀를 위해서 춘운이 봉사하고 있다고 해야 맞는 말이 아닐까.

아무러나 이 두 여자의 근본과 생활의 비밀은 좀체로 알기가 힘들었고, 나중에야 안 일이지만, 소녀는 계양이란 이름으로 원래 병부상서 이 창옥의 무남독녀였는데 계양이가 네살 먹었을 때 이상서는 간신의 악독한 참소로 역률에 처해져 죽었고, 남편이 죽는 것을 보자 부인도 절망해서 자살해 버리었으니, 남은 것은 나이 어린 계양과 시비 춘운뿐 이더라.

이렇게 해서 춘운은 양친을 다 잃어버린 어린 주인을 데리고 살기로 작정하고, 원래의 집을 팔아 버려, 이상사의 무덤이 있는 이곳으로 와서 집을 짓고 그날 그날 살아가고 있는 터이더라.

원래 좋은 가문에서 태어난 계양은 차차 자라면서 그 혈통의 우수성이 뚜렷하게 증명되기 시작하였으니 비록 유족하지는 못할망정 아버지가 남겨 놓고 간 재산이 있어서, 그것으로 그날 그날 걱정없이 지내었고, 책도 많고 무기병장도 있어서 그런 것에 취미를 두며 자라온 터이더라.

춘운도 옛 주인을 생각해서 이 새로운 주인의 장래를 위해 온갖 성의와 노력을 아끼지 아니하더라.

이제 와서는 계양은 절세가인고 요조숙녀가 되어 서서는 물론 천문지리와 손오병법에도 능통하고, 게다가 창쓰기도 잘해서 동네 사람들이 규중호걸이라고 일컫는 판이더라.

국진의 어머니 왕씨는 차츰 이 계양에게 마음을 두기 시작하여 그만한 인물과 교양이면 내 아들에게 실로 적합한 배필이라고 부인은 혼자서 은근히 생각하고 있는 터이더라.

그러나 소녀의 정확한 혈통을 알지 못하는 왕씨는 언제나 그것 때문에 아들의 혼사에 적극성을 띠지 못하고 주저했으니, 장경구도 그 점을 들어 반대했기 때문이더라. 그들은 아직도 계양을 춘운의 딸이라고 믿었기 때문이더라.

이렇게 해서 마음이 있어도 그 말을 더 이상 내지 못하고 그렇다고 그 여자 이상의 여자도 없을 것 같아서 왕씨는 항상 우울해 왔는데 국진은 결연히 일어서서 자기의 문제를 자기가 해결하려고 결심하더라.

부모가 자기를 옆에 두고 아는둥 마는둥 하게 이론하는 것을 듣고, 용감한 소년은 그런 문제라면 직접 찾아가서 본인을 대면하여 그 결과에 따라 그본 여하를 막론하고 결정을 하겠노라고 나섰더라.

이렇듯 대담한 선언에 장경구 내외는 놀랐고 그들의 고결한 정신이 약간 반발을 느꼈으나, 결국은 아들의 모험을 시인하기로 하더라. 그러나 막상 실행에 옮기려니 몇가지의 문제에 부딪쳤으니 젊은 남자가 무슨 재주로 남의 규중 처녀를 만나볼 수 있을 것인가.

이 문제를 가장 염려하는 사람은 셋 중에서도 어머니 왕씨였고 장경구도 자기의 도덕적 견지에 비추어 그점을 인정하더라.

국진은 약간 고개를 갸우뚱하다가 이런 난문제도 해결을 지어 버리니, 어머니와 아버지도 그의 천재적인 지혜에 경탄하면서 기쁜 미소를 짓고 좋다고 말씀하더라.

어머니는 더구나 참된 정성마저 발휘하여 아들의 계책에 참여해 주기까지 하더라. 국진이 어머니의 도움을 받아 여장을 하고 나섰을 때, 두 내외는 그 능한 변장술에 박장대소를 하며 칭찬하더라. 어떠한 관상전문가라도 여자로 알것이라고 그들은 아들의 여장을 보장해 주더라.

여장한 국진은 손에 삼척탄금을 들고 계양소저의 집으로 향하더라. 문전에서 줄을 퉁기자 우선 춘운이 나와 보았고, 시비는 친절하게 주인에 까지 알려서 주인이 음률을 좋아하는 취미와 시비의 공동 노력으로 소년은 중당에 까지 인도되어 가니 이런 동안 장국진은 자기의 목적을 완전히 달성하더라.

국진은 아름다운 소녀의 앞에 여자답게 앉아서 한 곡을 골라 타니 계양은 이 알 수 없는 여류 악사의 탄금에 감동해서 들으면서 이따금 국진의 얼굴과 몸을 주의 깊게 지켜보기도 하더라.

시비 춘운은 음률보다도 악사의 미모에 반해서 어쩔줄을 모르는듯 했고, 만일 이 여자가 남자라면 우리 계양소저와 좋은 배필이 될 수 있건만, 이런 식으로 끝없는 망상에 젖기도 하더라.

국진은 봉구황곡을 탔다. 봉이 황을 구하고, 황이 봉을 구하는 곡조라. 계양은 이내 의미를 알아 채었더라. 또 이것을 계기로 자기의 확신을 굳게 한 모양 같았으며, 그 여자는 얼굴이 빨개지며 당돌하게 일어서서 안으로 들어가더라.

이 때문에 시비 춘운은 완전히 당황해 버리었다. 영문을 모르는 그 여자는 부리나케 주인의 뒤를 좇아 까닭을 물어보매. 소저왈,

"그 손을 어서 보내라."

는 계양의 냉정한 대답이더라.

국진은 일어서서 나와 버리었고, 상대방에게 자기의 정체가 발각되었다는 것을 그도 깨달았던 터니라.

그러나 성공을 거두고 돌아온 국진은 어머니의 질문에 너무 경솔하다고 할 정도로 유쾌하게 대답해 보이더라.

어머니는 남편과 의논하고, 그 즉일로 매파를 청해서 계양소저의 집으로 보내니 장승상 댁에서 매파가 왔다는 말을 듣고, 계양은 여전히 냉정한 태도로 시비에게 쫓으라고 분부하더라.

이 때문에 이번에는 장경구의 고결한 자존심이 상처를 받게 되었

다.

그는 이때까지의 자신의 신념과 고집과 견해를 완전히 뒤엎지 않으면 아니 되었고, 그러면 그 처녀가 천박한 시비의 딸이 아닌가하는 의심이 전임 승상의 마음에서 지금까지의 자존심을 밀어 버리고 새로이 자리를 잡기 시작한 강한 상념이더라.

그러나 규수가 청혼을 거부해 버렸으니 어떻게 할 것인가.

그러자 이 때 널리 천하의 인재를 구하기 위해 천자가 과거를 베푼다는 이야기가 도니 학문하는 젊은 선비들의 운명을 결정할 때는 온 터이라.

용문에 올라 높은 벼슬을 하고, 요조속녀를 얻어서 기남을 낳고, 대대 손손으로 부귀영화를 누려 간다는 것, 그것은 얼마나 아름다운 꿈인가. 모든 인간을 유혹하는 강한 욕망이었고 그 첫출발이 장원급제라. 어머니도 그렇고 아버지도 그렇고 국진도 또한 그러했으니, 그들은 계양에게서 받은 모욕을 이 천하 제일의 영예로써 보답해 보려고 생각하더라.

장국진은 행장을 차려 황성으로 향해 갔고, 과거날 천자는 황극전에 전좌하시고 글제를 내거니, 과장제구를 갖추고 장중으로 들어간 국진은 시지(試紙)를 펼쳐서 일필휘지하여 선장 했더라.

천자가 놀라신 것은 뻔한 일이니, 천자는 친히 비봉을 뜯어 그 소년이 강임땅에 있는 장경구의 아들 장국진이란 것을 아셨더라.

이번 장원은 장국진이란 커다란 방이 붙자 국진은 탑전으로 들어가 숙배를 하더라.

"짐이 불명하여 경의 아비를 수 십년이나 잊고 있었더니, 그대와 같은 귀자를 둔 줄 알았으리요!"

인물을 보시더니 천자는 더구나 감탄하신 듯 하더라.

국진은 크게 감격하였고, 자기 가정의 고생담을 짤막하게 설명하자, 천자는 더욱 측은히 생각하시어 즉시로 장경구를 좌승상의 옛 벼슬로 회복하시고 이것을 거행하도록 분부하시더라.

장원한 국진은 그러한 행운아가 차지하는 영광을 모두 차지하게 되었으니, 홍포관대에 어사화를 꽂고, 좌수에 옥홀 우수에 홍기를 들고 백마 위에 높이 앉아, 어전풍악을 앞세우고 청개홍개를 앞세워 유가삼일의 즐거움을 맞보기 위해 대로상으로 나아가너라.

이것은 영예의 극치였고, 누구나 그를 부러워하고, 딸이 있는 아버지나 어머니는 사윗감을 생각하며 측은해 지는 터이라. 이팔의 꽃다운 아가씨들은 장독대를 밟고서서 담 너머로 남몰래 영예의 주인공을 보려다가 금이간 오지그릇이 깨지는 통에 놀라서 주저 앉기도 하더라. 주인공의 희망은 채워지고, 온갖 영화와 부귀가 한 몸에 보은 듯 하더라.

장차의 충신을 아끼는 천자는 국진의 혼사를 묻고 그것을 실행해 주시더라. 계양소저는 천자의 명초를 받아 급히 서울로 올라왔고 그 여자의 죽은 아버지 이창옥은 영양공을 추증 받았더라.

천자는 그 여자의 혼사를 주장하시고, 친히 납채를 차려 금주 보패를 상사하시기까지 하니라.

"신이 네살 먹어서 부모를 이별하고 시비 춘운에게 명을 붙여서 살았사오니 뉘라서 혼사를 주혼하오리까!"

소저의 대답이 그러했기 때문이더라. 이로인해 국진과 그의 부모는 장원 이상으로 소원성취를 한 것만 같았더라.

장경구 역시 교지를 받고 즉시 황성으로 올라왔으니 천자는 그를

위로하시고 그는 황은에 감사하더라. 천자는 또 국진에게 별궁을
사송하기까지 하시었더라. 이렇게 해서 국진은 완전히 행복 속에
계양과의 즐거운 혼사를 거행하고 그들은 또 한번 장안 만민의 동경
의 표적이 되더라.

아! 이 한쌍의 원앙은 첫날밤에 무엇을 꿈꾸었을 것인가. 이 첫날
이 지나기가 무섭게 그들의 행복은 보다 멀리 해주는 방해가 들어
닥쳤으니, 국진으로 본다면 오히려 금상 첨화가 될 지도 모르는 아름
다운 방해더라.

병부상서에 유봉이란 자가 있었으니 그도 슬하에 혈육이 없다가
늦게서야 딸을 두었는데 이러한 무남독녀 치고 잘 못생긴 여자는
없겠지만, 그의 딸은 특별히 잘생기고 요조 숙녀라는 이름에 털끝
만한 오점도 있지 않았으니 계양과 비겨서 어느 쪽을 택하랴고 묻는
다면, 그 양쪽을 죄다 차지하겠다고 욕심을 내보게 될 정도더라.

따라서 부모의 허영심은 끝없이 달리었고, 남자 중에서도 최고의
남자인 장원을 택할 것을 상서부부는 굳게 다짐하고 있는 터이지만,
이번 장원이 이미 취혼을 하지 않았는가. 그것도 천자의 주장에 의한
혼사라, 여기서 부부는 며칠을 두고 심사숙고한 끝에 합리적인 이유
를 찾고야 말았으니, 그것은 이러 하더라.

천자도 부인을 몇 분 두셨고, 고관대작은 누구나 이 천자의 도덕적
모범을 본떠서 몇 분씩 부인을 두고 있는 터라. 게다가 수를 헤아릴
수 없이 많은 첩도 있고 후궁도 있다. 공맹의 높은 학설에서도 이것만
은 인정하고 있는 편이니, 장원한 청년에게 또 하나의 부인을 제공한
다는 것은 오히려 도덕적일지도 모르리라.

도덕과 정의의 산 표본인 천자의 모범을 본받기 때문에 부부의

142

결심은 이렇게 결말을 보더라. 그들의 끝없는 허영심은 다른 어떠한 가능성도 인정치 않는 생각이더라.

이렇게 해서 유봉은 마누라의 독촉을 받으며, 그 계획의 완성을 위해 추진하기 시작했으니, 유봉은 자기의 처남인 복야 이윤과 의논하고, 이윤은 이 아름다운 계획을 황제에게 주달하더라.

미덕의 표준으로 자인하는 천자는 이것을 허락해 주시었고, 허락해 주셨을 뿐만 아니라 거기에 더 명예를 붙여서 장국진에게는 간의대부를 봉하시고, 유봉에게는 상서의 벼슬을 돋워서 승상을 내리시더라.

장국진은 행복의 절정에 오른 듯 하였으며 부인은 둘이고 벼슬은 대번에 간의대부에 올랐더라.

아버지도 장인도 그로해서 벼슬이 오르고 상사는 높아, 영귀는 제신의 위에 오르게 되었더라.

제 이부인과의 즐거운 첫날밤을 보내고 나서 장국진은 곧 예궐하여 황은에 감사하매, 천자는 그것을 기특히 여기시어 그에게 또 서주어사를 제수하고 백성을 안무하라 하시더라. 국진의 즐거움은 이루 말할 수 없더라.

어전을 물러나온 그는 집으로 돌아와 부모 전에 하직하고 부인 둘과도 각각 이별한 다음 지체 없이 서주로 향해서 떠나가니라.

서주에 도착한 것은 그로부터 며칠이 지난 날이었으니, 밤이 어두워 그는 가까운 주점을 찾아 들어가니라.

이날밤 국진은 이상한 꿈을 꾸었으니, 한 젊은 여자가 들어와 그에게 엎드리며 말하기를,

"첩은 황성 황어사 딸이옵더니, 모월모일에 도적이 돌입하여 나를

업어다가 제 계집을 삼으려고 탈취하여가 첩이 자살하여 죽었사와 명찰하신 어사께 상달하오니, 원수를 갚아 주옵소서"

국진은 그렇게 고하는 여자를 더 자세히 보려고 했으나, 그러나 여자는 간데 없고 그는 놀라서 눈을 떴으나, 한낱 꿈이라 하도 이상해서 그의 정의감은 별안간 긴장해 졌더라.

이튿날 해가 오르기도 전에 흥분한 그는 주인을 찾아 이곳에 도적이 들어온 일이 있느냐, 여자가 도적에 잡혀서 불행한 죽음을 당한 일이 있느냐는 등 캐어 물었으매, 주인은 잠시 고개를 갸우뚱하고 생각하다가, 말하여 가로되,

"도적이 어디선가 여자를 탈취하여 오다가, 그 여자가 자살하여 죽었기로 앞길에 묻었사외다."

하고, 대답하더라.

정의감으로 불붙어 오른 어사는 본주에 특별 발령하여 부중의 도적을 오늘 중으로 죄다 잡아서 죽이라고 명령하매, 부중이 온통 뒤집혀 버렸으며, 누구의 명령이라고 잠시나마 게을리 할 수 있겠는가.

공명을 노리는 장교들은 날이 저물기 전에 저마다 몇 놈씩 잡아서 죽이었는데, 그속에 예의 여자의 원수가 들어 있는지는 알 수 없는 노릇이니라.

국진은 보고를 받고, 만족해서 이날밤 잠을 청하였더니, 예의 여자가 또 꿈 속에 나타나서 말하여 가로되,

"신명하신 어사께옵서 원수를 갚아 주셨으매, 은혜 백골난망이로소이다."

하고, 여자는 갑주 한벌을 그에게 내어놓더라.

"이 갑옷은 천중 조화지갑이오니, 이름은 풍운갑이라 입으면 날래

옵고, 창검이 불범하오니 천하 보갑이라. 은혜를 만분지 일이나 갚고자 하나이다."

국진은 그것을 받아 들고 이모 저모 감동해서 살펴보더니, 매우 훌륭한 갑옷이매 흡족해 하며 여자에게 치사를 하더라.

그런 후 여자는 간 곳조차 알 수 없었으니 그는 괴이하다고 생각하며, 갑옷에 감동해서 그것을 이리 보고 저리보다가 잠을 깼더라.

그의 잠자리 옆에 갑옷과 투구가 놓여 있지 않는가. 국진은 이것이 꿈인지 생시인지 한동안 자기를 의심치 않을 수가 없었으며 실감을 확인하려는 온갖 노력을 해 보더라. 그런데도 그것은 갑옷과 투구임에 틀림이 없더라.

그는 정말 놀라고 감격해서 하늘에 치사하며, 그것을 행장에 수습해 가지고 나섰더라. 각도 각읍의 정사를 살피며 백성들을 위해 창곡을 헐고, 가엾은 백성들을 위해 온갖 노력을 아끼지 아니했더라. 백성들을 괴롭히는 어떠한 권력도 그는 인정치 아니하더라.

이 때 명나라는 한없이 태평한 듯 하였고, 전에 침략해 왔던 달마국의 재침도 아마 없을 것 같았지만, 이 달마국은 그 후 대단히 강성하여 그 과잉한 힘을 명나라로 쏟지 않으면 아니될 정도더라.

과연 그러한 난시가 또 왔으니, 도술에 능한 예의 백운도사를 군사로 삼고, 선봉장 은통을 비롯한 용장 천여원과 군사 수십만을 거느리고 그 자신 용력이 과인한 무서운 달마왕은 몇년전보다 몇배의 강력한 힘으로 명나라에 쳐들어온 것이더라.

각도 자사의 위급한 장계를 받아 보신 어전에는 만조 제신이 긴장한 표정으로 모여 의논 하기를,

"소장이 비록 재주 없사오나 한번 나아가 달마왕을 항복받고 도적

을 한칼로 소멸하고, 폐하의 근심을 덜겠사옵니다."

그렇게 나아가서 아뢴 자는 정서장군 상양이란 이름을 가진 사람이
더라.

장군의 용력을 잘 아는 천자는 매우 기뻐하시었고, 천자도 이내
그에게 원수를 제수하고 명장 천여원과 군사 수십만을 내리시었고,
인검을 주고, 어주마저 하사 하시어 그의 장도를 위로해 주시더라.

상양은 순금 투구에 황금갑을 입고서, 비용마를 탔고, 그의 좌우
선봉에는 우길과 지형이란 명장이 각각 당하여 대 명나라의 대원수다
운 위풍이 태양처럼 빛나고 있더라.

이쯤 되고 보니, 달마국의 침략군을 물리치는 것쯤은 아무것도
아니라고 백성들은 믿더라.

그러나 선량한 백성들은 신뢰하기가 쉽고 또 바로 이점이 그들의
어리석음이기도 하더라. 상양의 빛나는 대군이 이로부터 며칠 뒤에
적군과 대진하여 완전 궤멸 상태로 돌아 왔을 때, 백성들은 비로소
자신들의 과신을 후회하지 않을 수 없더라.

그것은 천자나 조정의 제신들에게도 똑 같았고, 상양을 비롯해서
우길 등, 전 장군이 그들의 칼에 목이 달아나고 이어 수십만 군사가
백운도사의 도술에 의해서 그야말로 추풍낙엽처럼 쓰러지고, 이어서
달마국의 무서운 수십만 군사가 일시에 밀어 닥쳤을 때, 천자와 제신
들의 놀라움은 실로 이만저만이 아니더라. 누구하나 내가 나가서
적을 물리치리라 하고 아뢰는 자도 없을 정도더라.

장국진은 이 때 여전히 자기의 임무를 수행하기에 열중하고 있었던
터라. 서주를 모두 순행하고 이번에는 소주로 들어가매. 소주자사
손경자라는 자가 주색에만 골몰하고 백성들을 괴롭힌다는 얘기를

들었기 때문이더라.

국진은 소주에 들어서기가 무섭게 이 만고의 악덕한 벼슬아치 손경 자를 잡아다가 죄목을 들어 문죄하고 목을 베어 백성들을 위로해 주었으며, 그리고 이날밤 사처에서 쉬려 했으나 좀처럼 잠이 오지 않아 밖으로 나왔더니 황성에서 떠난지 오래 되어 그는 자신도 모르 게 강한 향수에 젖은듯 하더라.

국진은 깊어 가는 밤 하늘을 올려다 보니, 구름은 한 점 없고 별은 반짝반짝 빛을 발하였으며, 그의 눈이 별안간 빛나며 입에서는 앗 하고 금시 숨이 끊어지는 듯한 경의 한숨이 새어 나오더라. 여학도사 에게서 배운 천문의 지식은 하늘을 바라보는 그의 눈에 실로 중대한 위험을 가르쳐 주고 있더라.

황성에 병란이 일어났고, 살기가 등등하고, 천자는 피신을 한모양 이라. 국진은 재빨리 방으로 들어와 무장을 갖추었고, 머리에 황금 투구를 쓰고, 몸에 풍운갑을 입고, 좌수에 절륜도, 우수에 청학선, 이러한 식으로 그는 무장을 갖추자 잠시도 지체없이 말에 뛰어 오르 더라.

그리하여 필마단기로 나는 듯이 달리었고, 그는 달리면서도 자기의 중대한 임무를 잊지 않았던 터라. 그의 빛나는 준마는 순식간에 그를 황성으로 운반해 주었고, 그의 마음과 몸과 말은 실로 혼연일체가 된 듯 하더라.

아니라 다를까 그의 천문학은 정확하였으며, 달마국의 수십만 대군 은 상양의 명나라군을 무찔러 없애고, 이때 황성으로 쳐들어와 황성 의 운명은 경각에 달려 있으니, 국진은 즉시 궐내로 들어가 어전에 꿇어 엎드려 말하여 가로되,

"소신이 중임을 맡아 원방에 갔사와 폐하께 근심을 끼쳤사오니
이것은 모두가 신의 죄인줄로 아뢰오. 적병을 파한 후에 죄를 당하
여지이다."
하고, 장국진은 아뢰더라.
절망한 천자는 그것이 누군가 처음에는 잘 모르시는 듯 하다가
장국진이란 것을 아시자 천자는 놀라시며, 계하로 뛰어내려와 그의
손을 잡고 반가와서 어쩔 줄을 모르시며 가라사대,
"경이 있었으면 무슨 근심을 하리오. 경은 힘을 다하여 사직을
안보하고 짐의 근심을 덜라"
천자는 눈물을 뿌리며 애걸하듯이 하교 하시더라.
적은 어느새 성에 육박하고 도성의 백성들은 아우성을 치며, 지옥
의 파멸을 상상케 해주고 있더라. 그것은 전혀 구할 도리가 없는 완전
한 파멸인 듯 하더라. 아! 이것을 어느 누구의 힘으로 구원하여 밝은
태양의 빛을 뿌려 줄 것인가.
장국진은 다시 말에 오르자. 한 손에 절륜도, 또한 손에 청학선을
흔들며 성문을 빠져 나가 물밀 듯 밀려드는 수십만 적군의 진영으로
비호처럼 달리더라. 그의 절륜도가 닿는 곳마다 번개불이 번쩍 일며
적장과 적군사는 그야말로 추풍낙엽같이 쓰러졌으니, 전혀 예상치도
못한 일대혼란이 적군에게 일더라. 그들의 시체는 산을 이루고 피는
바다를 이루면서 흘러 가니라.
달마왕과 백운도사는 그 가운데서 필사적인 노력을 하여 자기
진영을 지키며, 백운도사는 도술의 온갖 재주를 부려 이 천신과 다름
없는 용감무쌍한 장군을 막고 또 사로 잡으려고 했으나, 그때마다
장국진은 절륜도를 휘두르고 청학선을 흔들면서 재빠르게 빠져 나오

고 또 공격하곤 하더라.

이러는 동안 천자는 제신과 더불어 장대에 올라 천추에 빛날 장국 진의 용전분투 하는 광경을 바라보고 계시더라. 해는 이미 저물어 적병은 물러서고, 장국진도 진영으로 돌아오더라.

"국진은 하늘이 내셔서 대명을 보중함이라!"

하고, 감격한 천자는 돌아오는 장국진을 보며 찬탄하시더라.

천자는 그에게 대원수를 제하시고, 또 친필로 〈한림학사겸 대원수 서주어자 장국진〉이라고 써 주시더라.

천자와 제신들의 기쁨은 말이 아니더라. 백성들도 장국진의 이름을 부르며 만세를 불렀고, 적은 어쨌든 도성에서 멀리 후퇴하여 가니라.

그러나 적은 완전히 괴멸된 것은 아니었고, 수십만 대군을 헤아리 는 적병은 아직도 주력부대로 남아 있었으며, 장국진은 이것을 내일 싸움에서 죄다 쓸어 버릴 결심이었더라. 그리하여 이날 밤 명나라 군사를 총독하여 필요한 준비를 취해 두더라.

예의 유명한 백운도사는 난데 없는 천신의 출현에 몹시 놀라서 그의 지식을 총동원해서 이를 막으며, 또 이를 자세히 관찰하기도 하더라.

그는 자기의 도술을 막을 수 있는 자는 천신이 아닐 수 없다고 굳게 믿고 있었던 터라. 그래서 달마왕과 그들의 장대에 올라 최후의 관찰을 끝내고 나서 말하기를,

"칠년 전에 그 소년을 죽였나이까, 살렸나이까?"

달마왕은 곧 선봉장 은통을 불러서 이 질문에 명확한 대답을 하라 고 명령하니라. 그는 그때의 소년에 대한 것을 까마득하게 잊고 있었 기 때문에 백운도사의 발언에 매우 당황한 얼굴 이더라.

"물에 던져 죽였나이다,"

하고, 역시 똑같이 놀라며 은통도 대답하더라.

"팔괘를 벌려 보니, 그때에 물에 던진 소년은 용왕의 구함을 입어 여학도사의 제자되어 갔나이다. 거기서 칠년동안 재주를 배우고, 겸해서 여학도사의 절륜도와 청학선을 얻었나니 이 두 가지는 천하 보배라. 그 소년을 당치 못할 것이니, 차라리 퇴병하여 본국에 돌아 가 계교로써 그를 죽이고 대명을 침이 쉬울까 하나이다."

이러한 도사의 단호한 결론에 달마왕도 은통도 또 한번 똑같이 놀라더라. 그것이 장국진임에는 틀림이 없었으니 그때의 그 소년을 물속에 던진 것이 말할 수 없이 분하게 생각 되더라. 달마왕은 자기의 명령을 제대로 실행 못한 선봉장 은통을 죄 주고도 싶었으나, 그것이 이제 와서는 무슨 도움이 될 것인가.

은통도 그때의 일을 회상하며 분해 하였으며 전에 소년을 물에 던졌을 때, 물속에서 웬 물체가 떠올라 소년을 그 배에 태워 오운을 일으키며 순식간에 자취를 감춰 버린 그 때의 광경이 새삼스레 선명 하게 그의 머리에 떠오르더라. 하늘이 시킨 일이라면 수년전에 불쌍 하게 생각했던 자기의 동정심도 어쩔 수 없는 일이었으리라.

백운도사는 그 점을 이해하며, 누구도 탓할 이유도 없는 것이라고 별안간 우울해진 그와 달마왕을 위로하더라.

달마왕은 용력이 과인한 반면, 또 솔직한 인간이었더라. 그는 백운 도사의 충고를 받아들여 깨끗이 물러가 다음 기회를 보기로 하매, 그도 승산이 없는 것을 알고 있었기 때문이리라.

이렇게 해서 달마국의 수십만 대군은 상양의 명나라 군을 전멸시키 고 도성에 육박하여 명나라의 운명을 손에 쥐고 흔들려 할 때, 생각지

150

않은 절세의 명장 장국진의 출현으로 거의 그 반수를 잃고 물러 가지 않으면 아니 되니, 통분의 눈물을 머금으며 그들은 이날 밤중으로 진을 거둬 퇴진 하더라.

이날 새벽 급보를 받은 장국진은 휘하의 대군을 재촉하여 그들을 추적해 갔더라. 거의 뒤를 쫓아 국진은 적에게 머리를 남겨놓고 가라고 소리치니 위험을 느낀 백운도사는 선봉장 은통더러 뒤를 막으라고 하더라.

은통은 뒤에 남아 형세 급하게 달려드는 장국진과 맞 붙어서 싸우매, 장국진은 이를 순식간에 쳐 없애고, 도망치는 달마왕과 백운도사의 목을 베려고 결심하였고 그의 절륜도는 번쩍 번쩍 허공에서 빛나는 듯 하더라.

그러나, 웬 일일까? 다른 때라면 분명히 그 날카로운 검광과 함께 적장의 머리가 지상으로 굴러 떨어졌을 것인데 의외로 장국진은 절륜도를 거두고 말에서 뛰어 내리며 말하기를

"나를 아시나이까?"

하고, 장국진은 옛 은인을 만난 기쁨에서 그렇게 말을 건네더라.

은통도 말에서 내려서며, 그도 반갑다고 하니라. 얼굴은 그 때와 달라서 잘 알 수 없었으나, 어젯밤 백운도사의 이야기도 있었고 해서 그는 이내 알아 볼 수 있더라.

어쨌든 자기와 인연이 있었던 장군이고 보니, 적을 초월해서 반갑지 않을 수가 없었고, 더구나 상대방은 자기를 죽일 수 있었는데도 칼을 거둬 들이지 않았던가.

장국진은 그의 손을 잡고 은인에 대한 감동을 이기지 못하여 말하기를,

"장군의 어진 덕으로 살아났으니 어찌 장군을 해하리오."
하고, 그는 옛날의 고생담을 이야기 하더라.

은통도 감사해서 칠년 전의 인상을 더듬으며 회고담을 늘어 놓으니
이 때문에 서로는 적대관계를 넘어서서 십년지기와 다름 없는 각별한
벗이 되더라.

장국진은 소와 양과 술을 내어서 이 옛 은인을 위로해 주더라.
그것은 전장을 넘어선 실로 뜨거운 우의의 발로더라.

이렇게 해서 장국진은 추격전을 포기하고, 옛 은인의 목을 베는
대신 후히 대접해서 보낸 다음 말을 돌려 세우더라. 휘하의 군사와
도성으로 돌아오자 천자와 제신들은 멀리 환영나와 주었으니, 이
위대한 장군과 환궁한 천자는 이내 즐거운 태평연을 배설하시더라.

천자는 원수(元帥)의 아버지 장경구를 우복야 연왕에 봉하시고
장국진은 벼슬을 높여 승상을 봉하시더라. 그리고 겸해서 그의 제일
부인 계양을 정렬부인, 제이부인 유봉의 딸을 숙렬부인으로 각각
봉하시더라.

이쯤 되고 보니, 장국진의 용명은 천지를 진동하고 그와 그의 일가
의 영귀는 실로 천자의 다음에 가는 자리더라.

뉘아니, 부러워 하지 않을 사람이 있을 것인가.

달마왕의 욕망은 식지 않았으니, 패전하면 패전할 수록 그의 정열
은 점점 뜨거워 가더라. 장병을 이끌고 본국으로 돌아가자, 그는 예의
유명한 도사와 명나라를 정복할 깊은 계교를 의논하더라.

백운도사는 자기의 약속대로 명나라를 정복하려면 힘으로는 아니
되고 비계를 써서 우선 장국진을 잡아 없애고 그 다음에 천자를 잡아
버리는 이외에 방법이 없다고 또 다시 강조하더라. 그러면서 그는

자기보다 지혜가 월등한 한 도사를 소개하여 말하되,

"황산에 한 도사가 있사오되, 기묘한 술법과 신병 부리는 술법이며
재주가 나에 비하여 백배나 더 하오니, 대왕은 친히 가셔서 그
황도사를 청해 오사이다."

하고, 달마왕을 재촉하더라.

달마왕은 지체할 아무 이유도 없었으며 백운도사의 지혜만 하더라
도 존경하고 있는 터인지라, 그보다 백배나 더하고 또 그가 성의를
가지고 소개하는 황도사를 왕은 하루 빨리 모셔오고 싶더라. 그래서
그는 즉시 유비(劉備)의 예의를 갖추어 황산으로 황도사를 방문하더
라.

황도사는 아닌게 아니라 제갈량만한 모사(謀士)고 지혜보따리인
모양이더라. 천하의 험산으로 이름있는 황산에 깊숙이 자리잡고 앉아
있는데, 그 집이 산간에 있는 자그만 초당에 지나지 않았지만, 달마왕
이 방문해 온다는 것을 이미 정확하게 예견하고 그를 맞이하기 위해
일부러 동자를 보내기까지 했으니 말이다. 그리고 그를 청해오는데
유비의 인내력과 성의와 예의가 똑같이 필요했기 때문이니라.

이렇게 해서 유명하고 위대한 황도사를 달마왕은 모셔오는데 성공
은 했으나, 궁중으로 돌아와 백운도사와 세 사람이 서로 반가운 인사
를 하고 막상 명나라를 정복할 계교를 의논하기 시작했을 때, 그는
또 다시 겸손한 난색을 피기 시작하더라.

그러나 이런 겸손은 지혜가 높은 도사들의 미덕으로 밖에 볼 수
없는지라, 달마왕은 몇번 머리를 숙였고 또 옆에서 백운도사의 재치
있는 조언이 즉효해서, 결국 유명한 황도사는 자기의 지혜 보따리를
이런식으로 끌러 놓기 시작하더라.

"대명이 운수가 진치 아니하고 천상 벼락성이 떨어져 대명에 낳아서 대장이 되고, 여학도사의 제자 되어 재주 배움이 있고 산천정기를 타고 났으니, 달마국에는 그 사람을 당할만한 인재가 없소이다. 그러니 기병하여도 인명만 해할 것이며 도리어 이로움이 없을 것이요. 해가 있을 뿐이외다."

"아주 쉬운 일이 있사오니…"

하고, 백운도사는 재치있게 그의 말을 받아 채더라.

그는 입에 대었던 술잔을 단숨에 비우고 그것을 주안에 놓으며 말을 계속하더라.

"아주 쉬운 일이 있사오니, 황도사는 높은 재주를 행하여 비계로 먼저 국진을 잡고, 둘째로 천자를 사로잡은 연후에 대명을 파하고 천하를 정하사이다."

"나 있는 산중에 기묘한 짐승이 있으되, 별호를 구미호라. 수만년을 산중에서 지낸지라 재주와 술법이 기기묘묘하니 불러다가 사연을 약속하여 천하를 정하사이다."

달마왕은 그에게 친히 잔을 들어 술을 권하고 또 몇 번 감사의 표시로 머리를 조아리고, 황도사를 모셔다가 대연을 베푼 자리를 내심 은근히 만족하더라.

별호를 구미호라고 하는 괴이한 존재는 이내 불려 왔으며, 황도사는 그에게 위엄을 갖추며 말하기를,

"네 재주가 비상하기로 너를 부른 배라. 너는 대명에 들어가 공주가 되어서 부마를 충동하여 장국진을 잡되, 역률로 몰아 죽인다면 네가 비록 짐승이나 공이 적지 아니하리라."

구미호는 일언에 허락하고 일어 서더라. 백운도사와 달마왕이 명나

라의 궁중 실태를 각각 아는데로 설명하려 했으나 구미호는 그런것
조차 필요없는 자신있는 태도더라.

과연 재주가 비상한 구미호는 순식간에 명나라로 들어갔고, 그는
공주 중에서도 제일 아름답고, 젊고, 또 부왕 천자의 사랑이 누구보다
도 지극한 작은 공주를 택해서 그 여자를 죽였더라. 죽인 다음 공주의
시체는 아무도 모르게 황학루 밑에다 감추어 버리고, 자신이 그 공주
의 모습으로 변하더라.

변신술은 황도사가 자기의 명예를 가지고 보증하는 구미호이고
보니, 진짜 보다도 더욱 정교하다고 보아야 좋을 정도더라. 이러한
구미호의 거의 완전한 변신술만 가지고 있다면, 사기와 가짜가 횡행
하는 사회에서는 천하를 휘어잡는 것도, 그다지 어려운 문제는 아니
라. 사실 진짜를 제쳐 놓고 가짜가 판을 치는 사회에서는 이러한 구미
호가 얼마나 있는 것인지 알 수 없는 일이니, 아예 이런 것을 생각지
않고 사는 것이 마음 편할 일이지만, 공주의 남편인 부마가 바로 이러
한 종류의 인간인 모양이더라.

부마는 매우 단순하고 정직한 인물이어서 자기의 사랑하는 아내가
변했는지 아니 변했는지 전혀 모르고 있었으며, 가짜를 진짜로 알고
살아가는 사회의 인간들이 어떠한 종류의 인간인가를 생각해 본다면
이 문제는 간단히 이해될 수 있는 문제라. 따라서 부마는 정직하고
존경을 받을 만한 인간임에는 틀림 없으나, 그는 또 아내를 잘 믿고
깊이 사랑하기도 하는 착실한 남자더라.

이 위대한 부마가 공주가 아닌 구미호를 얼마나 사랑했는가 하는
것도 이만하면 십분 이해가 가리라.

구미호는 그 대상을 잘 골랐으며, 남녀간의 문제를 무조건 여자에

게만 책임을 지우려는 도학 선생님들이라면 구미호에게 당연 비난의
화살이 뻗힐 정도로 구미호는 그 농락의 대상을 잘 고른 셈이더라.

침실의 정은 무르녹고 그 정은 갈수록 열렬해서, 부마의 온갖 정렬
을 완전히 사로잡을 정도였으니, 부마는 구미호가 아니면 살맛이
없을 지경에까지 이르더라.

구미호는 이와 같이 남자의 약점을 잡아 정복해 놓고 다음 단계로
옮겨가니, 이런 정복이 다음 단계의 계획을 무조건 성공으로 이끌어
준다는 것은 더 말할 나위도 없는 일이라. 정열은 인간을 무조건 지배
하고 그 정열이 식지 않는 한 선으로도 악으로도, 아니 그것을 초월해
서 달리게 하는 것이 아니겠는가.

구미호는 도덕을 내세우는 인간은 아니나 산과 짐승의 분기점에
서 있는 인간의 본질을 누구보다도 잘 알고 있는 터이다.

그는 제이 단계로 옮겨가서 이 약한 인간 동물에게 장국진의 존재
를 갉아 먹도록 하기 시작 하매, 한 마디로 말한다면 만민의 존경과
동경을 받고 있는 장국진을 부마의 적으로 만드는데 구미호는 성공하
니라.

그리고 재빨리 제삼단계로 넘어가서 구미호는 그의 부마에게 장국
진을 모함하는 상소를 올리도록 요구하였으니 열렬한 침실을 보낸
뒤에 구미호는 공주의 미소를 약간 강하게 한듯한 미소를 정열적으로
얼굴에 가득히 꽃 피워 놓고 부마의 창백하게 식어가는 이마의 땀
방울을 닦아 주며 그런 요구를 하기도 하는 것이었으며, 구미호 아닌
양귀비가 현종의 마음을 좌지우지 해서 나라를 기울였고 보면, 사람
아닌 구미호가 부마 정도의 인간을 움직여 놓는다는 것은 문제도
아니 되는 일이있더라. 생각만 해도 소름이 끼칠 만한 광경이 그들

사이에서는 손쉽게 처리되어 가니라.

상소는 두번 올라갔으나, 장국진에 대한 천자의 신뢰가 신뢰인지라, 아무런 효과도 얻지 못하였지만, 천자로 보면 이쪽도 저쪽이 똑같이 사랑하는 처지인지라, 세번째의 상소를 받았을 때에는 마음을 지탱할 수가 없어서, 장국진을 불러 부마의 상소를 보이고 서로 만나서 오해를 풀라고 뜨거운 정의마저 표시해 주었다.

천자로서는 최대의 노력인상 싶더라.

장국진은 부마궁으로 부마를 찾아가 천자께 올린 상소를 본인에게 내어 보였을 때, 부마는 할 말이 없었고 상소의 내용을 입증할 만한 아무런 심증도 없을 뿐 아니라, 사실상 장승상과는 그는 아무런 적도 아니더라.

그래서 서로는 거북한 웃음으로 결론을 맺고 술로써 우정을 맹세하기로 하더라.

재주가 비상한 구미호는 이것을 이용하여 도리어 최후의 파국으로 몰아 넣을 결심을 하였으니 구미호는 술에다 독약을 타서 그것을 교묘하게 장국진의 입에만 들어 가도록 하는 데 성공하더라.

갑자기 강취가 돌기 시작한 장국진은 신체의 불안을 느끼며 일어나므로. 구미호에게 미쳐 버린 부마는 이것을 좋은 기회라고 생각하고 적당히 우정의 인사를 한 다음 급히 안으로 들어가 버리더라.

장국진은 그 자리에 다시 쓰러지니, 난데 없는 동자 하나가 그의 앞으로 걸어 오면서 말하기를,

“지금 잡수신 독주 보다 이 술은 백병이 소멸하나이다.”

하고 정체를 알 수 없는 동자는 옥병을 기울여 한 잔을 주더라.

장국진은 자신도 모르게 그것을 받아 먹으니, 신기하도록 전신의

고통이 사라지고 정신은 맑고 몸이 차차로 회복되어 오더라.

이 어찌된 기적인 것일까.

장국진은 놀라서 일어나 앉았으나, 예의 동자는 그의 무릎에 서간 한 통을 놓고 가 버리더라.

그는 더욱 의아스러워 그것을 집어들고 펼쳐 보았으되, 국진은 또 한번 놀라지 않을 수 없더라.

그것은 기억도 생생한 여학도사의 필적이더라. 국진은 반가운 마음을 누르지 못하며 그것을 황급히 읽어 내리더라. 그 글의 하였으되,

〈금일 먹은 술이 독약주라. 전신이 여전치 못할 듯 하여 약을 보내어 구하노라. 이는 본래 공주의 잔악한 행위로다. 달마왕은 황도사를 설득하여 달마국으로 데려다가 백운도사와 간사한 꾀를 내어 함께 의논하고, 황산에서 수만년 묵은 구미호를 대명에 들여 보내어 공주를 죽여 시체는 황학루 밑에 감추고, 공주허물을 쓰고 부마를 잡동하여 너를 죽이려다가 사불여의한 고로 독약을 술이라 하고 먹여 죽이려 한즉 어찌 너를 구치 아니하랴. 잡담 제하고, 그러한 일이 무수할 것이니 몸을 조심하여 지내라〉

장국진은 경악이 넘쳐서 어처구니가 없는 듯 하더라. 그러나 그러한 제일 감정이 사라지자 증오와 분노의 감정이 밀물처럼 싸악하고 전신을 지배하더라.

그는 일어서서 하늘에 대고 스승님께 감사를 드린 다음 절륜도를 뽑아 들기가 무섭게 내전으로 줄달음 질 쳐 가보니, 부마의 무릎에 앉아 있던 공주는 벌써 이것을 눈치채고 재빨리 무릎에서 빠져나와

허공으로 솟아 올랐으매 분노로 전에 없이 긴장한 장국진은 그것을
쫓아 몸을 솟구쳐 올리며 획하고 절륜도를 휘둘렀다.

절륜도는 공주의 꼭두에 맞으니, 공주는 힘없이 허공에서 그림처럼
헤엄을 치며 지상으로 떨어져 내렸으니. 아! 그 광경이여! 그 무서운
광경은 무엇으로 형용할 도리도 없을 정도더라. 인간의 상상력이
공포의 최절정으로 달려 올라갈 때, 바로 그러한 전율적인 공포가
거기에 전개되고 있더라.

공주가 구미호로 변해 있더라. 그것은 생명의 줄을 끊기고 원래의
짐승으로 변하여 대지에 철썩 떨어져 버렸으니, 궁중의 놀라움은
말이 아니더라. 더구나 부마의 경우는 어떠하랴.

단순, 정직한 인간이 가짜를 진짜로 알고 열을 내었을 때, 그것이
가짜라는 것을 알면 얼마나 낙담하고 절망할 것인가. 그것도 경우에
따라서 다르겠으나, 부마의 이런 경우는 좀처럼 상상조차 할 수 없는
참혹할만 한 일이더라.

구미호를 인간으로 알고 열을 내었다면 그것은 인간의 잘못인가.
부마는 놀라서 달려 나왔다가, 창백하게 혈색도 없이 실신해서 쓰러
져 버리더라.

나중에 천자의 명령으로 황학루 밑에서 진짜 공주의 시체를 찾아내
었을 때 그는 또 한번 절망해서 쓰러져 기절하였고, 그는 자신의 더러
운 육체를 불에다 태워 버리고 싶을 정도로 천하게 생각되더라.

천자는 이 부마궁의 소동을 전해 듣고, 승상을 명초하여 연유를
물으시매, 장국진은 사건을 자세히 설명하고 또 여학도사의 교시를
그대로 주달하니 천자가 친히 황학루에 가서 공주의 시체를 확인하시
더라. 이때의 천자의 놀라움은 또 어떠했으랴.

천자는 장국진의 공로를 치하하시고, 벼슬을 더욱 높이시더라. 이번 궁중의 마호(魔狐)사건은 지난번 달마국의 난에 비하여 그 놀라움에 있어서 조금도 지지 않기 때문이더라.

구미호의 소식을 들은 달마국에서는 상하가 낙심 천만이더라.

달마왕과 백운도사와 황도사는 주안을 사이에 놓고 언제 술을 들었는지 알 수 없는 술잔을 그대로 놓은 채, 사람이 똑 같이 고개를 푹 내리 박고 죽은 사람처럼 한동안 전혀 말이 없더라.

그러자 이번 행동에서 책임을 가장 절실하게 느끼는 황도사가 고개를 번쩍 쳐들고 말하여 가로되,

"내 비록 무재하오나 대명에 들어가 국진을 베어 오리다."

백운도사와 달마왕도 고개를 번쩍 쳐들더라.

두 사람은 똑같이 반가운 미소를 지었으나 그 중에서도 달마왕의 그것은 성질이 다른 듯 하더라. 그는 옆에서 보아도 알 수 있을 만큼 무척 감격해서 황도사의 옆으로 일부러 술잔을 돌리어 손을 잡고 위로의 술을 권하여 말하여 가로되,

"선생이 한 번 가면 대공을 이루리라!"

이것으로 침울한 공기는 완전히 가셔 버리고 백운도사도 대단히 기뻐하는 듯하더라.

명나라 황성에서는 장국진의 용맹이 또 한번 떨쳐서 도성인들은 그가 구미호를 베었다는 이야기로 밤을 샐 정도였고, 이야기는 꼬리에서 꼬리를 물고 자꾸만 퍼져갔고, 부마가 여우에 미쳐서 살았다는 이야기는 따로 퍼지고, 공주의 시체가 황학루에서 발견된 것은 또 그것대로 새로운 이야기가 되어 퍼져 가더라.

백성들은 그들의 공상을 한없이 달려서 실로 기묘하고, 끔찍한

이야기를 만들어 놓고 있었으니. 이 때문에 밤마다 저녁을 먹고 길바닥에 나와 앉아 있는 사람들은 심심치 아니하니 승상부의 이부인과 유부인도 취미는 다를 망정 역시 밤을 즐기는 축에 들고 있더라.

이 아리따운 장국진의 제일부인과 제이부인은 원래가 뽑아 놓은 듯한 요조숙녀이기 때문에 일반 백성이나 시비들이 좋아하는 그러한 쌍스러운 이야기에는 전혀 취미도 없고 귀를 기울이는 일도 없었으니, 망루에 올라가 명월을 완상하며 글을 짓고 시를 읊는 다는 것은 둘이 똑같이 즐겨하더라. 그것은 요조숙녀들이 좋아하는 고상한 취미이기 때문이었으리라.

서로는 취미가 맞고, 성격도 맞는 듯 했으며, 나이도 같아서 누가 보면 형제라 할 정도더라.

그만큼 우정도 깊었으며 한 남자를 같은 남편으로 삼고 있다고 해서 이들의 감정이나 생활태도에 질투에 가까운 것이 있다고 한다든가, 사이가 나쁘다고 한다든가 하는 따위의 악의에 찬 비난을 하는 자가 있다고 한다면 그것은 이 숭고한 요조숙녀를 고의로 모독한다고 볼 수 밖에 없을 정도더라.

그들은 천상 선녀들과 똑같은 지순지결한 감정의 소유자들이었으니, 남편이 천자의 권에 의해 제이부인을 얻는다고 했을때 이 부인은 약간의 불쾌감이 없지는 않은 듯 했으나, 그것은 어디까지나 그 여자의 불쾌한 감정이었지 질투의 감정은 결코 아니더라.

서로는 형제처럼 위로하고, 동무처럼 의지하며 살아 갔다. 망루에 올라 명월을 완상하는 것도 서로는 언제나 같이 했고, 하나가 빠지면 오히려 그만 두어 버릴 정도더라.

이날도 이부인과 유부인은 망루에 나란히 서서 달구경을 하매,

달에서 눈을 돌려 북쪽 하늘을 보고 있던 유부인이 별안간 물어 가로
되,

"저 기운이 무슨 징조나이까?"

"달마국에서 자객을 보내어 우리 승상을 해코자 오나 보이다."

이 부인은 잠시 생각하다가 그렇게 대답하니, 그 여자는 학문과
병법 이외도 천문지리에도 능통한 여자더라.

"그러할진대 승상께 주달함이 어떠하나니이까?"

"그만한 일을 가지고 어찌 승상께 아뢰리오."

하고, 이부인은 또 무언가를 생각하듯이 그렇게 말하고 나서 유부인
을 끌고 내당으로 들어가더라.

이 부인은 허수아비를 만들어 둔갑을 베풀어 남편과 똑같은 모습으
로 해 놓아 남편이 언제나 앉는 상좌에 그것을 그럴듯하게 좌정시켜
놓고 자기는 유부인과 함께 병풍 뒤로 숨어 버렸더라.

그러자 아니나 다르랴, 명나라에 숨어서 들어온 황도사가 변신술
을 써서 몸을 감춰 가지고 내당을 들어와서는, 장국진의 초인이 거기
앉아 있는 것을 보자 그는 경솔하게 진짜 장국진인줄로만 알고, 비수
를 내어 목을 베이더라. 병풍 뒤에 숨어 있는 이부인과 유부인은 도사
의 힘들이는 동작을 보고 입에 손을 갖다대고 겨우 웃음을 참았을
정도더라.

유명한 백운도사가 그의 지혜와 명예를 걸고 보증했던 황도사는,
지금 이 부인의 꾀에 완전히 넘어가고야 만 것이었으니, 황도사가
제흥에 겨워서 한바탕 재주를 부리며 초인의 머리를 장국진의 머리라
고 베어서 가지고 가버리자 사랑스러운 두 부인은 그제야 병풍에서
나오면서 허리를 잡고 웃기 시작하더라.

162

　그러나 주의깊은 장국진은 이튿날 예궐했을 때 이 사실을 천자께 주달하고 적의 재침에 대비하도록 힘썼더라. 천자는 그의 양부인에게 상을 두둑하게 내리시더라.

　아니나 다르랴, 장국진의 예상은 틀림이 없었으니, 황도사가 돌아가서 그의 성공을 보고하자, 달마왕과 백운도사의 기쁨은 이만저만이 아니었고, 즉시 기병하기로 결심하여, 황도사는 이 공로로 대원수가 되고 백운도사는 진문고, 달마옹 자신은 영군장이되어 행군하기로 하더라.

　이번에도 지난번과 다름 없이 맹장 천여원에다가 군사가 수십만이나 되는 대규모의 병력 동원이더라.

　게다가, 명나라의 용감한 장군 장국진이 죽었다는 바람에 사기는 그 때의 몇배로 강성하더라.

　명나라에서는 물론 장국진 이외엔 이것을 당할 사람이 없었으니, 천자는 그에게 대원수를 봉하고, 군사 팔십만을 내리시는 한편 군사의 온갖 권력을 맡겨 버리더라. 그는 자신 만만해서 대군을 이끌고 성문을 나아가니, 그의 위엄은 실로 태양처럼 빛날 정도더라.

　십여일 후 그들은 강남 땅에서 적과 대진하매, 달마국의 장수들은 이쪽을 물론 얕보고 있는 듯 했으나, 백운도사가 명나라 진을 바라본 뒤에는 그러한 견해는 많이 달라진 듯 하니라. 적어도 백운도사 만큼은 눈으로 목격한 명나라 진의 교묘한 진법을 무시해 벌릴 수는 없었던 터이니라.

　그러나 황도사는 황산에서 내려올 때의 신중한 태도는 전혀 잃고 있으니, 구미호가 죽은 뒤로 그의 성격은 백팔십도의 전향이라고 해서 좋을 정도더라. 더구나 그의 유명한 도학에도 불구하고 부인의 얕은 꾀에 넘어가며, 지금 아직도 장국진의 사망을 굳게 믿고 있는 것 따위는 참으로 미욱한 고집의 극치라 아니할 수 없더라.

달마왕은 어느쪽인가 하면,그는 명나라를 하루 빨리 정복해야 한다는 한가지 욕망에만 급급하고 있었기 때문에 황도사의 우매를 따르고 있는 듯 하더라.

이렇게 해서 장국진이 존재를 아직도 약간이나마 의아의 눈을 가지고 보고 있는 사람은 백운도사 한 사람 뿐이니라.

피차의 진문이 열려 전투가 벌어지고 선봉장의 머리가 칼끝에 꿰어져서 왔다 갔다하고 그리고 나서 별안간 성급해진 대원수 황도사가 싸움을 청하고 나갔을 때, 이 어리석은 도사는 비로소 놀라지 않을 수 없었다.

그러나 그 경악과 모욕과 분노와 공명의 감정이 복잡하게 뒤엉켜져 그는 사태를 정확하게 판단해 볼 힘조차 없더라.

흥분한 황도사는 자신의 도술만을 믿고 무적의 적장 장국진에게 달려 들었고, 그는 몇 번인가 자기의 모든 기술을 시험해 보았지만, 그때마다 재치있게 격파하는 장국진을 보고, 멀리 장대에서 관전하고 있던 달마왕 조차도 상대방을 장국진의 탈을 쓰고 나온 놈이라고 까지 착각하고 있을 정도더라.

그러나 피나는 전투는 결과가 증명해 주었으니, 절륜도와 청학선의 위력에 의해서 황도사가 가지가지 신기한 도술도 죄다 흩어져 맥을 못 추고 결국은 그가 죽는 비극으로 끝나더라.

장국진이 그의 머리를 칼끝에 꿰어 들고 본진으로 돌아오자, 이것을 보고 미칠 듯이 격분한 달마왕이 팔십근 짜리 철퇴를 휘두르며 달려 나오더라. 그러나 재주가 비상한 황도사 조차 당하지 못한 장국진을 그가 무슨 힘으로 당할 수 있을 것인가.

달마왕은 백운도사의 만류도 뿌리치고, 내 앞을 비켜서라고 호통하면서 미친 사람처럼 달려 나왔으나, 그 역시 얼마 가지 않아서 국진의 날카로운 칼 끝에 머리만 남는 가엾은 운명이 되어 버리고야 말더라.

백운도사는 남은 군사를 돌려 세워 재빨리 삼십육계 줄행랑을 쳐 버리니 그를 가장 현명한 도사라 하겠더라. 장국진은 뒤를 쫓지 않고 승전고를 울리며 잔치를 베풀어서 군사들을 위로하더라.

그리고 회군하기에 앞서 그는 이러한 승전의 표를 천자에게 올리되,

〈좌승상겸 대원수 장국진은 돈수백배하옵고 글월을 올리나니, 하감하옵소서. 신이 황은을 입사와 한번 북을 쳐서 달마왕과 황도사아 머리를 베어 좌하에 올리나이다.〉

이것만으로도 천자의 감격은 충분하였고 천자는 십리 밖까지 나가 승리와 환희에 도취한 장국진과 그의 군사들을 환영해 주시더라.

천자는 환궁하기가 바쁘게 택일하여 태평연을 배설하시고 장군들의 벼슬을 돋우시니, 장국진에게는 물론 최고의 벼슬을 내리시어 좌복야 우도독을 봉하시고, 또 상사를 많이 하시더라.

그의 영귀는 점점 높아갔으며, 누구 하나 그를 부러워 하지 않는 사람은 없고, 또 그의 덕을 칭찬하지 않는 사람은 없더라.

그는 그야말로 최고의 행운아며, 행복한 인간이되니 그것이 넘쳐서

불행이 오지 않을까 걱정이 될 정도더라.

남은 군사를 이끌고 북으로 돌아간 달마국의 재치있는 백운도사는, 죽은 달마국이 뒤를 그의 태자에게 옮겨 주었으며 하늘에 태양이 없어서는 아니되는 것처럼 나라에 왕이 하루라도 없어서는 아니된다는 그의 확고한 신념 때문일러라.

즉위한 새로운 달마왕은 이제 겨우 나이 열 한살이었으매, 아버지를 닮아서 그런지 교육이 그러해서 그런지 그 점은 분명히 알 수 없었으나, 그는 이러한 나이에도 욕심이 많고 복수를 좋아하고 남을 지배하며 정복하기를 좋아 하더라.

부왕이 명나라 군에 죽었다는 말을 들었을 때 그는 자기가 군사를 지휘하여 가겠다고 호령터라. 아버지의 목에 칼을 댄 자는 그것이 설령 하느님이라 할 지라도 간을 내어 씹으리라고 장담하더라.

이 때문에 충신으로 자원하는 백운도사는 진땀을 뺐을 정도였고, 그는 어린 왕의 교육이 잘 되었다고 믿고 또 그 재질과 야망을 칭찬하며 이렇게 위로해 주더라.

"왕은 아직 분노를 그치소서.천의를 살펴 보온즉 오년 후면 장국진의 운수가 진할 것이오니, 그때를 당하여 대왕의 원수를 갚으리이다."

현명한 예언자는 장래를 정확히 판단하고 있는 모양 같았고, 매일같이 천기를 보고 그것을 어린 왕에게 주달하곤 하더라.

이제는 그러한 운수를 기다리는 수 밖에 다른 방법이 있을 것인가. 그리고 천기를 보고 자기의 천문 지식에 부합시켜서 굳은 자신을 얻은 그는 패전한 나라의 예의라고 해서 이율과 이심 등을 명나라에 보내니, 이들에게 간교한 비계를 가르쳐 놓았음은 더 말할 나위도 없더라.

백운도사가 정확하게 예언해 둔 때는 온 듯하더라. 때는 성화 사십 팔년, 천자의 춘추도 팔십삼세의 고령이어서 우연 득병한 병환은 백약도 무효하게 세상을 뜨고 말으시더라.

조정 제신과 백성들의 슬픔은 이루 말로 표현할 수 없겠더라.

그 중에서도 장국진의 비탄은 옆에서 보는 사람들의 가슴을 꿰뚫을 듯하니, 천자와 함께 그의 절정에 달한 행복도 기울어지는 것이 아닌 가, 그의 비애가 너무 크니 어딘가 막연하나마 그렇게도 생각될 정도 더라.

아! 그것은 한낱 불길한 예감뿐이었던가. 그렇지 않으면 그의 존재 에 저항하는 자의 비난에 가까운 짓궂은 감각의 소치라고나 해 둘 것인가.

그러나 막중한 정신적 지주를 잃은 불행에도 불구하고 장국진은 그것을 이겨나가며, 마음 속에 새로운 지주를 세워서 그것이 뿌리를 깊이 박아 어떠한 힘센 바람에도 넘어가지 않도록 하기에 전력을 다해 가더라. 그의 숭고한 정신은 옛 지주 대신에 새로운 지주를 얻어 거기에 의지하더라.

그러나 이 새로운 지주는 그의 마음에서 완전히 뿌리를 박기에는 아직도 너무나 어리더라.

모종한 나무가 볕이 쨍쨍 쬐는 대낮에는 시들고 이슬 내리는 밤이 되면 조금씩 살아나듯이 그것은 실로 안타까우리만큼 약하디 약한 어린 나무더라.

그렇건만 이 약한 어린 모에 물을 주는 장국진의 정성과 노력은 조금만치도 약해지지 않았으니, 모는 조금씩 자라고 힘을 얻어 오는 듯 하더라.

새로 즉위한 천자는 이제 나이 열 다섯이었으나, 이런 어린 모에 물을 주는 장국진의 충성과 알뜰한 노력은 멈추지 않아 정사는 잘 되고, 백성들은 여전히 태평한 시절을 즐기면서 평화롭게 살아가더라.

장국진의 이러한 근면한 농부다운 알뜰한 정성과 노력과 충성에도 불구하고 악독한 벌레는 눈에 보이지 않는 땅속에 숨어서 약한 모의 뿌리를 조금씩 조금씩 긁어먹고 있었으니, 그것이 가능한 것은 이렇게 어릴 때 뿐이지 좀 더 커나서 줄기도, 뿌리도 건강해지면 먹을 수도 없고, 깎을 수도 없어서 벌레는 이런 시기에 전력을 다하는 법이지만 이 벌레가 바로 병부상서 이침이란 자이더라.

이침은 일각로 부윤의 장자였으며 부윤은 태자의 장인으로, 태자가 즉위하여 국구가 됨에 따라 그의 장자 이침을 병부상서라는 요직에 앉혀 놓은 것이더라.

이침은 점점 교만해져서 그의 권세는 이 때 누구도 당할 사람이 없더라.

그는 장국진을 시기했고 그를 어떻게 해서라도 눌러 버리려고 애를 썼으니, 말하자면 땅속의 벌레처럼 어린 황제의 뿌리를 파 먹으면서, 마침내는 그것을 쓰러뜨리고 시들고 죽게 해서 그것을 정성껏 가꿔 놓은 장국진 농부의 노력의 결정을 잔인하리만큼 수포로 돌아가게 하려고 온갖 정력을 쏟은 것이더라.

농부가 피땀을 흘리며 물주고, 거름주며 가꾼 나무가 쓰러져 시들어 버릴 때 숭고한 농부의 마음은 어떻게 될 것인가. 그런 때가 온 것이더라.

　백운도사가 그의 장래 목적에 대비하기 위해 명나라로 보내 온 이율과 이심은 이침에 붙어서 역시 목적을 이루어 좌익 장군이라는 튼튼한 자리에 좌정하게 되더라.

　악독한 벌레는 그 최후의 정력을 쏟아 깨끗이 정복해 버릴 결심을 하였으니, 이침은 우선 이율을 시켜 장국진을 모함하는 상소를 어린 황제에게 올리도록 권하고, 이율이가 이침인지라 그 상소의 내용이 얼마나 착실한 것인가는 가히 짐작할만한 일이 아니겠는가.

　이렇게 한 다음, 병부상서 이침은 그의 위엄과 권세를 십분 이용하여 황제에게 주달 하기를,

　"장국진이 밖으로는 대공을 세우고 안으로는 배반할 마음이 있사와, 그 실례로는 벌써 싸움에 달마국 선봉장 은통을 태연한 배설로써 관대히 위로해 보냈었고, 또 그 다음 싸움에 황도사와 달마왕을 죽이고 다른 사람들은 항복도 받지 아니하였으니 신의 생각에 그 사람 하는 일이 수상하오니 바라옵건데 폐하는 살펴보옵소서."

　이런 경우 전 황제였다면 좀더 여유를 가지고 생각해 보기라도 하였으리라. 그러나 아직도 나이 어린 젊은 천자는 그럴 마음의 힘이 없더라.

　천자는 대번에 분격하셔서 금부도사를 명하여 장국진을 잡아다가 멀리 귀양 보내라고 호통을 치시더라. 만고 충신 장국진은 이제 만고 역적으로 전락해 버린 것이더라.

　조정의 늙은 신하들이 놀라고, 백성들이 아우성을 쳤으나 그것이 무슨 소용이 있는 것일까. 금부도사는 명령대로 집행했고, 제 아무리 용맹을 떨친 장국진이라 하더라도 그의 충신다운 일편단심은 황상의 어명을 거역할 수가 없더라. 충신의 굳은 충정이라고 하는 것은 그

자신을 발전시키기도 하고 또 파멸에 몰아넣기도 하는 것이더라.

이침과 이율 일파를 대번에 죽이고 싶은 충동을 꾹꾹 참으면서 장국진은 만고역적이라는 죄명을 뒤집어 쓰고, 어명에 복종하기 위하여 묵묵히 적소로 향해 가더라.

그의 부모와 양 부인의 놀라움은 이만저만 아니어 온 집안이 애통의 빛이 감돌더라.

다만 그 중에서 이부인만큼은 그 여자의 명예를 위해서 대견한 정신적 노력을 특기해 두어도 좋으리라. 남편과 이별하매, 다른 사람들은 눈물을 뿌리느라고 정신도 차리지 못하는 중에서도 말하여 가로되,

"운수 불길하와 이 지경을 당하였으나, 오래지 않을 것이오니 승상은 부모를 생각지 마옵시고 황금같은 몸을 원로에 보중하옵소서."

장국진은 감격해서 용감하게 적소로 향하더라.

이심과 이율은 이러한 사실을 벌써 본국에 알려 두었으니, 그들의 인내력 있는 사명을 이제야 완성한 셈이리라.

백운도사는 무릎을 치며 기쁜 환호를 울렸고, 천기는 거짓말을 하지 않는다는 것을 그는 다시금 확신하더라.

그는 달마왕과 의논하여 즉시 용장 천여원과 군사 수십만을 동원해서 죄인이 되어 귀양 오는 장국진을 중도에서 잡아 오라고 급한 명령을 내리더라.

결박당한 장국진은 하는 수 없이 이들에게 끌려서 달마국의 대궐로 들어가더라.

달마왕은 부왕의 원수를 갚겠노라고 미칠듯이 흥분하고 있었던 터라. 굴복하지 않는 장국진을 칼을 뽑아 죽이겠다고 야단이더라.

　백운도사는 이것을 필사적으로 만류했고, 그는 칼을 들고 계하로 내려가는 어린 왕을 막아서며 말하여 가로되,

　"장국진은 천상의 벼락성이라 옥제가 극히 사랑하시니 죽이면 대왕에게 큰 환이 있으리라"

　이렇게 해서 장국진은 죽음만은 면하고, 그 대신 죽음보다 몇배의 고통을 맛보지 않으면 아니 되더라.

　사리에 밝고 지혜가 있는 백운도사는 왕을 타일러서 장국진을 천리지함(지하실)을 파 가지고 거기에 집어 넣어서 굶주려 죽도록 하니, 칼로 목을 베어 죽이는 것은 옥제의 노여움을 타나, 이런식으로 영원한 감옥에 넣어서 굶주려 죽이는 것은 죄가 되지 않는다는 것이 그의 현명한 상식이더라.

　이렇게 한 다음, 백운도사와 달마왕은 안심하고 명나라 정복의 길에 오르니 이제는 확고한 승산이 있었기에 그들은 무인지경을 달려가는 것만 같았더라. 용장이 천여원인데다가, 군사도 지난번 보다는 훨씬 많은 일백만이라. 그동안 착실하게 준비해온 군력은 어디다 다 처분하지 못할 정도더라.

　명나라에서는 깜짝 놀라 천자는 이를 막아낼 장군을 찾으니, 병부상서 이침이가 대담하게 나서더라.

　천자는 명장을 얻었다고 기뻐하시며, 그를 대원수에 봉하시어 군사 백만과 장수 천여원을 주시고, 이율을 선봉, 이심을 우선봉으로 각각 정해 주시었으니, 문제는 될대로 되어 갔다고 할 수 밖에 없더라.

　달마국의 침략군과는 소주에서 대진하게 되었으니 대진이라기 보다 이곳에서 합세했다고 하는 것이 좋으리라.

　잠시동안 합작의 절차를 밟는데 필요한 시간만을 보냈기 때문이

라. 그것은 간단명료했고, 목적과 사명이 일치하더라.

명나라의 큰 땅덩어리를 등분해 먹자는 그들의 구수한 욕망과 행동의 일치를 실로 태양처럼 선명하게 해 주더라.

이렇게 해서 합작한 이백만의 군사가 황성으로 밀려 왔으니, 명나라의 운명은 경각에 있다는 한마디로 족하더라. 경각에 있다기 보다 이미 적의 수중에 든거나 다를 것이 없더라. 통분하고 기막힌 것은 명나라의 사람들 뿐이더라.

젊은 황제는 분격해서 신하들을 돌아보니 거기에 대답하고 나서는 사람은 한 사람도 없더라.

진종일 모여 앉아 방법을 찾으려고 해도 묘안은 아무것도 없고, 그럴때마다 이침에게 감쪽같이 넘어간 황제가 원망스러운 신하들이 있었으며, 그것을 탓할 수도 없으니 꿀먹은 벙어리처럼 묵묵히 앉아 있을 뿐이더라.

젊은 황제는 드디어 친히 선봉장이 되어 적과 싸우겠다고 선언하시더라. 이것으로 긴급한 어전회의는 끝을 보았으나 적은 이미 장안에 들어와 파괴를 일삼고 있더라.

백성들의 아우성은 말이 아니었으며 난을 피해 달아날래야 달아날 곳도 없을 정도더라.

거리는 시체로 산을 이루고 피로 바다를 이루며 곡성은 천지를 진동하고, 곳곳에서 불길이 솟아 올랐으며, 부녀자는 그 최대의 희생자였으니 전세계의 파멸이 여기에 온 듯 하더라.

악은 들끓어 미칠 듯이 난동하고, 공포의 지옥만이 있을 뿐이더라.

황제는 이것을 무슨 힘으로 진정하고 정돈할 수 있을 것인가.

멀리 달마국의 영원한 감옥, 천리 지함 속에서 기갈의 무서운 고통에 신음하고 있는 장국진은, 그러나 나라와 천자를 생각하는 불같은 정열은 조금도 식지 않고 있더라. 그는 하늘에 빌고 스승에게 빌기를, 하늘이 나를 낳아 주셨다면 나에게 하고 싶은 일을 시켜 달라고 천길 지함의 새까맣게 어두운 암흑 속에서 외치더라.

장국진은 자기가 이 지함에 갇혀진 후, 달마국의 침략이 있으리라는 것을 본능적으로 예감하고 있으니, 달마국의 백운도사가 자기로 해서 이때까지 명나라에 쳐들어 오지 못한 것을 그는 잘 알고 있더라. 그래서 그는 하늘에 온 정성을 다해서 빌었고, 또 이때문에 그에 무서운 기갈의 고통과 절망에도 꿋꿋이 이겨날 수가 있는 것이더라.

정성이 지극하면 하늘도 알아 준다는 말마따라 그의 여러 날의 기도에 하늘도 알아주신 모양이더라.

별안간 무서운 폭우가 쏟아지기 시작했고, 홍수는 삽시간에 달마국을 바다로 만들어 버렸으며, 사람들은 물 난리로 수없이 죽어갔으니, 집은 뜨고 성벽은 무너져 물 속에 잠겨 버리더라.

아! 하늘은 누구를 살리고 누구를 죽이기 위해서였던가. 천길지함의 암흑 속에 갇혀 있던 장국진은 물에 떠서 밖으로 나왔으며, 이와 같이 신기한 구제작업이 또 어디에 있을 것인가.

그는 지상으로 나오자 하늘과 스승에 무수히 치하를 하더라. 다시 햇빛을 보게 된 그는 무한한 감동에 젖어 들더라.

아무렇게나 가까운 곳에서 요기를 하고, 말을 구해 탄 장국진은 그 길로 황성으로 향해 바람처럼 달려가매, 지상에 살아 나와서 자기의 예감이 들어 맞았다는 것을 확인했기 때문이더라.

그러나 막상 황성에 와 보니, 현실은 예상보다 더욱 심했다. 도성

인민의 곡성은 말이 아니었고, 그 처절한 광경도 차마 눈뜨고 볼 수는 없더라.

다행히 국진이가 왔을 때는 대궐은 무사했고 천자는 아직도 행군에 오르지 않고 있더라.

장국진은 우선 여왕부로 양친을 찾아가 돌아온 인사를 하고, 승상부로 가서 양부인을 만나매, 이부인은 이 때 어젯밤의 꿈에서 남편을 만난 이야기를 유부인에게 하면서 오늘은 필경 남편이 돌아오리라고 자신있게 얘기해 주고 있더라. 이 때문에 정작 남편이 나타나자 서로의 감격은 형용할 도리가 없더라.

장국진은 고생담을 할 여가도 없이, 갑주와 무장을 갖추고 대궐로 들어가 아뢰기를,

"죄인 장국진의 전죄는 잠깐 용서하옵소서. 도전을 파한 후에 죄를 당하여지이다."

젊은 황제는 놀랍고 반갑고 또 민망스럽기도 해서 무어라 말해야 좋을지 한참동안 아무 말도 못하고 계시더라.

그러나 사태는 이러한 여유를 용서치 않는지라, 황제는 계하로 내려가 그의 손을 잡고 그저 눈물만 뿌리시더라. 그리고 전과를 뉘우치시며, 적을 물리치고 역적 이침을 잡아 천하를 평정해 달라고 무수히 탄원하시더라.

장국진은 어전을 물러나와 말에 오르자, 불 뿜는 증오심을 느끼며 곧장 적진으로 향해 달리니, 파괴와 방화와 살인과 강간을 일삼는 적병들을 모조리 베어 없애며 이백만 적군이 진을 치고 있는 심장으로 돌진하더라.

한 손에 청학선을 들고 있는 그의 용감한 모습은 천신 그대로이며

옛날 그대로더라.

그는 순식간에 이백만 대군을 시체의 산으로 만들어 놓고, 이침의 머리를 칼끝에 꿰어 들고 나오니, 백운도사와 달마왕은 장국진의 재현을 믿으려고 아니했으나, 이때 그들의 본국에서 급한 통문이 날아들어 비로소 장국진이가 살아 왔다는 것을 알고, 그대로 남은 군사를 이끌고 도망쳐 버리더라. 힘으로는 도저히 당할 수 없다는 것을 그들은 잘 알고 있기 때문이다.

이렇게 해서 장국진의 출현으로 지옥의 파멸만이 있던 명나라는 구제되고 백성들은 무서운 도탄 속에서 살아 나오게 되니 참으로 신기하다 할만큼 감격적인 것이었더라. 백성들은 기쁜 눈물을 뿌리며 장국진의 만세를 부르기에 정신이 없더라.

천자는 자신의 위엄조차 잊고 아이들처럼 기뻐하며, 한편으로 이침 일당과 그들의 구족을 잡아 처형하게 하고 또 한편으로는 즐거운 태평연을 배설해서 출전장군의 벼슬을 돋우시더라. 장국진의 벼슬을 옛날로 돌리시고 그것을 더욱 올리시었으나, 본인은 굳이 사양하더라.

그러나 천자의 권고가 너무나 간절하시어서 그는 마지 못해 사은 숙배하고 어전을 물러섰더라.

그 대신 장국진은 이 계제에 아예 달마국에 쳐들어가 온갖 위험의 뿌리를 뽑아 버리기로 결심하더라. 천자도 이를 허락하고 용맹한 장수 천여원과 군사 백만을 주시더라.

장국진은 천자에게 감격해서 하직하고, 또 연왕 부부와 자기 아내들과 작별하고 곧 원정의 길에 오르니, 이부인은 이때에도 여자로서 생각 못할 갸륵한 위로를 하고, 천자는 멀리 십리 밖까지 전송나와

이 위대한 장군의 원정을 위해서 어주 삼배를 특별히 권해 주시더라.

달마국에서는 이러한 장국진의 원정을 전해 듣고 놀라서 어떻게 할 줄을 모르고 당황하니 지혜로운 백운도사가 또 좋은 꾀를 달마왕에게 가르쳐 주기를.

"이제 생각하온즉 우리 장수 중에는 장국진을 대적할 장수가 없사오니, 천원국과 합력하여 잡아지이다."

하고, 그는 천원국의 강대함과 천원왕의 천하 무쌍한 용력을 그의 재치있는 능변으로 소개하더라.

또 천원왕에게는 도사가 다섯이나 있는데 이들 모두가 자기보다 몇 배의 지혜와 도술이 있다고 설명하고 그는 다섯 도사의 이름을 차례로 들더라. 첫째가 오금도사요, 둘째가 진학도사요, 셋째가 청운도사요, 네째가 운전도사요, 다섯째가 팔양도사라 이른다고 말하더라.

달마왕은 기뻐하며 즉시 청병의 글을 만들어 천원국에 보내니 청병 패문을 받아본 천원왕은 오금도사를 맞이해다가 이 문제를 의론하더라.

오금도사는 서슴없이 즉석에서 반대하기를 장국진 같은 천하제일 명장을 잡는다는 것은 도저히 불가능한 일이라는 것이더라.

그는 또 대왕이 달마왕의 청에 의해서 장국진과 적대관계를 맺어 놓는다면 여러 가지로 불리한 점이 있다고도 하더라.

대왕이 장국진을 못 잡고, 그의 앞에 무릎을 꿇게 된다면 후세에 오명을 남겨 놓고 장졸들에게 원망을 들을 것이니 아예 냉정하게 청병을 거절하라고 단정해서 말하기로 하더라.

그러나 이 또한 용맹무쌍한 천원왕은 오금도사의 이렇듯 신중한 충고를 서슴없이 거부해 버리면서 힘이 있고 자신이 있는 데도 약자의 청을 들어 주지 않는다면 그보다 더 불명예스러운 일이 없다고 자기의 거부의 이유를 말하더라.

이렇게 해서, 천원왕은 왕의 권위로 청병에 응할 것을 강제했고, 그는 직접 대원수가 되어 군사를 지휘하고, 오금도사는 모사가 되어 그를 돕기로 하더라. 도사는 왕명에 의해 할 수 없이 따르리라.

천원왕이 이끄는 군사는 자그만치 이백만에다가 용명한 장군만도 수천이나 되었고, 또 오금도사 외에도 온갖 술법이 무궁무진한 네 도사가 붙어 있었으니, 천원왕 자신은 순금투구에다 황금갑옷 입고 왼손에 용천금을, 오른손에 삼천근 철퇴를 빗겨 잡고, 만리 용종에 의지하고 있더라.

오금도사는 어떠한가.

그는 철윤도복에다 팔룡관을 쓰고 좌수에 북미선, 우수에 홀기를 잡고 윤거에 의젓이 자리잡아, 지혜로운 군사의 풍모를 십이분 갖추고 있더라.

이들의 이백만 대군은 며칠만에 달마국에 도착하매, 백운도사와 달마왕이 감사와 존경을 다해서 맞이해 주더라.

서로는 즉시 대연을 베풀어 놓고 장국진을 잡을 계책을 의논하기 시작하나, 오금도사는 여기서도 장국진의 비범한 점을 들어서 잡기는 매우 어려우리라고 난색을 피우더라.

"이제 대왕의 무예와 금술이 비상하오니 선봉이 되어 국진을 대적하면 우리 대왕은 뒤를 도울 것이니 선생은 좋은 계교를 내어 베풀어 진세를 도울진대, 국진이 천병만마지술이 있으나 미처 손을 놀리지 못하고 사로잡히리라."

하고, 총명한 백운도사가 최후의 결론을 내리더라.

이러한 결론에 아무도 반대할 사람은 없었으니, 그것은 실로 타당한 결론이었기 때문이더라.

장국진은 진중에서 달마국에 구원병이 오는 것을 알고 있더라.

그동안 성문을 굳게 지키며 대적해 나오지 않던 달마왕이 이러한 꾀를 부리고 있었구나 하고, 그는 속으로 코웃음을 치더라.

그러나 문제는 매우 중대해졌다는 것을 그는 직감하지 않을 수가 없으니, 천원왕은 천하 명장이고, 그를 당할 사람은 자기밖에 없으니 이 싸움이 천하를 가르는 싸움이라고 그는 솔직하게 시인 하였고, 그는 더욱 신중하게 전략을 군중(軍中)에 명령해 두더라.

그리고 국진은 하늘에 빌고 스승에 빌어 승전의 결의를 더욱 굳게 한 다음 말에 올라 적진으로 향하더라. 적진에서 오금대사의 조심하라는 말에도 불구하고, 천원왕이 대담하게 내달아 오니라.

과연 천하무쌍의 적수라. 한쪽에서는 절륜도를 휘두르고, 한쪽에서는 용천금을 저으며 진종일 싸웠으나 결과가 없더라. 다 저녁때가 되어 천원왕에게 혹 실수가 있을까 겁을 낸 오금도사는 징을 쳐서 그를 맞아 들이더라.

이튿날 아침, 분을 이기지 못하는 천원왕은 다시 달려 나오려 했으나 이번에는 달마왕이 그를 대신해서 나오더라.

이 달마왕도 아직 나이는 어리나 용맹이 대단한 자라.

그는 순금 투구에다 황금포를 입고, 천리 대왕마에 의지하여 천하 명보의 하나인 청사금을 유일한 무기로 하고 나오더라.

그러나 그의 힘으로 장국진 같은 천하명장을 어찌 당할 수 있으

랴. 보다 못해 천원왕이 다시 쳐나왔고, 또 이번에는 오금도사와 백운
도사가 뒤에서 그들을 도우며 천지조화를 부리기 시작하니, 장국진은
청학선으로 이것을 막고 절륜도로 이것을 치면서 점점 거세게 육박해
가더라.

최후로 장국진의 절륜도에 말이 얻어 맞아 달마왕이 말에서 뚝
떨어져 버리매, 천원왕이 재빨리 달려들어 달마왕을 구해 가지고
도망치더라.

싸움은 연 사흘이 계속되더라. 적은 사기를 꺾이고 말았으나, 이쪽
도 지칠대로 지쳐 버렸으며, 더구나 장국진은 혼자서 싸웠기 때문에
피로는 예상 외로 심하였고, 그는 병을 얻어 눕게 되더라.

이것은 전투 중에 치명적인 곤란이었으나, 장국진은 군중에 엄명을
내려서 진문을 굳게 닫게 하고 곤란을 극복해 볼 심산이더라.

적은 몇번이고 도전해서 이쪽의 진전에서 호통을 지르다가 가곤
했더라.

이 때문에 백운도사와 오금도사의 지혜가 경쟁하기 시작하며, 그들
은 이 굳게 닫고 며칠 동안이나 움직이지 않는 진문 안에 무언가
중대한 곡절이 있다고 의심하기 시작하더라.

그러나 며칠이 지나도 장국진의 신병은 조금도 차도가 없었으니,
아! 이 위급을 무엇으로 건져야 좋단 말인가. 황성의 하늘 아래서
천기를 보고 있던 부인은 남편의 이런 사실을 깨닫고 깜짝 놀라더
라. 그 여자는 어려서부터 닦아온 천문지리가 누구보다도 능통하더
라.

옆에 붙어 서 있던 유뷰인도 같이 남편의 위험을 알고서 애통해
하니, 국진의 아버지 장경구도, 어머니 왕씨도 소식을 듣고 죄다 달려

와 울기만 하더라.

　육도삼략과 손오병법에도 능통한 이 부인은 생각한 끝에 결연히 일어서매, 이 부인은 달마국 전장으로 달려가 병들은 남편을 구해서 싸움을 승리로 이끌 결심을 한 것이리라.

　남달리 용감한 여장부 이부인은 즉시 남장을 하여 머리에 용인투구를 쓰고, 몸에 청사전포를 입고 좌수에 비린도 우수에 홀기를 들자, 시부모와 유부인과 주위 사람들에게 이별을 하고 필마단기로 달마국을 향해 집을 떠나더라.

　유부인은 멀리 전송나와 이부인의 전도를 근심하며, 봉서 한 통과 바늘 한 쌍을 품속에서 얼른 내어 주더라. 그리고 이 부인에게 말하여 가로되,

　"이것을 가지고 동정호 물 건널제 물에 던지면 용왕부인이 청할 것이니, 들어가 보옵소서. 동정호 용왕은 첩의 전생 부모이니 부모 보오면 반가와 할 터이니, 이제 제일 좋은 선약을 얻어가야 승상을 구할 것이오. 다음은 선녀 한 쌍을 얻어가야 천원왕과 달마왕을 잡으리다."

　이부인은 그것을 받아 가지고 질풍처럼 달리더라.

　동정호에 왔을 때 이부인은 유부인이 시킨대로 하매, 용궁에 인도되어 들어가자, 용왕 내외가 반가와하며 만년주를 권해 주더라. 그리고 최후로 유부인 말대로 선약과 선녀 한 쌍을 부인에게 내리시며 용왕부인은 이렇게 교시하더라.

　"천원왕과 달마왕은 욕이나 뵈옵고, 죽이지 마옵소서. 두 사람은 천상 선관으로 인간에 적거하였으니, 만일 죽이면 일후에 원이 되리라."

또 용왕부인은 선녀들에게 분부하여 이부인을 잘 모시고 가서 공을 이루라고 특별히 당부해 주더라. 선녀 한 쌍은 그것을 맹세해 보이더라.

이렇게 해서 이부인은 용궁에서 나와 전장으로 또 질풍처럼 달리었으나, 전보다 훨씬 마음이 든든하더라. 더구나 양편에 붙어 있는 선녀들은 그 여자의 눈에는 보이나, 다른 제 삼자의 눈에는 전혀 그림자도 보이지 않기 때문이다.

이 때 명나라 진영은 적병들에 의해 완전히 포위되고 있었으며, 진문은 열지 않고 굳게 닫혀 있었으나 적병들은 이제야 이것을 깨칠 심산으로 그 준비에 분망하고 있는 듯 하더라. 명나라군의 운명은 경각에 있다고 해도 좋겠더라.

아! 조금만 늦었더라도, 우리 승상은 영원히 가실 뻔 했구나. 저 무서운 적병들에 의해 여지없이 패배를 당하고 후세에 패장이라는 오명을 남길뻔 했구나. 얼마나 위중하기에 저렇게 진문마저 굳게 닫고 계실까. 이부인은 적병들에 의해 철통같이 포위된 명나라 진을 잠깐 살피면서 생각을 하더라.

그러나 잠시도 지체할 여유가 없으매, 이부인은 투구를 고쳐쓰고, 비린도를 높이 들어 만리 청총을 바싹 고삐를 쥐어잡고, 좌우에 붙어온 선녀들은 앞에 서서 길을 인도하라고 분부하고 채찍을 서둘러대니 만리 청총마는 화살처럼 적의 포위를 일직선으로 밟아 넘어서며 명나라 진영의 진문으로 향해 달리더라.

적병들은 이 돌연한 사태에 아예 바보가 된 듯하더라. 소나기가 퍼붓고 번개불과 천둥이 무섭게 천지를 진동할때 사람은 누구나 거창한 공포 속에서 자기를 잃고 어리둥절해 지는지라 그러한 현상이 적병들에게도 온 듯하더라.

그들은 전혀 운명에 맡기고 있었더라. 비린도가 머리 위에서 번쩍 번쩍하건만 그들은 그것을 바라보며 쓰러져 갈 뿐이더라.

만리 청총은 머리가 달아나며 미쳐 쓰러지기도 전에 그들을 갈대 밭을 헤치 듯 참으로 신속하고 명쾌하게 통과해 버리더라.

적장들은 이 하늘에서 떨어진 무서운 천신이 명나라군의 진문으로 향해 가는 것을 그대로 바라보고 있을 뿐이더라. 바라보고 있다기보다 어느 사이에 지나가고 어느 사이에 진문 앞에 섰는지 그것조차 정확하게 알지 못했다는 것이 옳을 정도더라.

그들은 이 천신보다도 옆에서 피를 토하며 쓰러져가는 자기네 동료들에게 더욱 놀라는 듯하더라.

아! 이게 무슨 변고인가. 삽시간에 '악'하더니 시체의 산을 이루어 놓고 지나매, 뒤미쳐 이런 생각을 하며 한숨을 돌렸을 때에는 이부인은 명나라 진영으로 벌써 자취를 감추고 보이지도 않았고, 번개불과 천둥에 놀라 얼굴을 감췄던 사람들이 조용해서 얼굴을 들었을 때, 하늘은 잔잔하니 아무 일도 없는 것과 똑 같더라.

이부인은 의병장 이모라고 자기를 밝히며 명나라 진영으로 인도되어 가니, 선봉장은 진문을 열어 주며, 대원수의 분격을 사지않을까 겁도 내었으나, 결국은 장국진도 의병장을 빨리 맞아들이라고 분부하더라.

그의 병세는 너무나 위중했던 것이다. 그는 누운 채 손짓으로 명령을 했을 뿐이더라.

이부인은 그곳으로 달려갔으며 그 여자는 눈물을 참느라고 최대의 노력을 하고 있는 듯 했으며 더구나 부인이라는 것을 감추고 사촌처남 이모라고 자기를 소개하는데 커다란 인내력이 필요한 듯 하더라. 이부인은 그렇게 말해도 좋을 만큼 변장이 되어 있었다.

장국진은 그런 사촌처남이 있었나 하고 의심했으나, 부인은 적당히 장군이 청하지 않아서 나오지 않았고, 또 벼슬도 한 일이 없노라고 대답하더라.

장국진은 그 이상 묻지 않았으며, 자기 아내를 전혀 몰라 보고, 다만 기특한 장군이라고 칭찬을 해 줄 뿐 이더라. 게다가 그의 병세는 너무 위중하더라.

장국진은 처음에 감격해서 잠깐 동안 상반신을 일으켜 한팔로 의지하며 앉았으나 또 이내 누으려고 했고 부인은 예의 선약을 물에 풀어 자기를 전혀 남이라 믿고 있는 남편에게 주며

"이 약을 잡수셔야 차도가 있으리다!"

하고, 부인은 겨우 울음을 참는 음성으로 그렇게 권하더라. 남편이 병에 시달린 모습은 정말 가엾을 정도였고 더구나 진중에서의 득병인지라 그의 정신적 고통은 얼마나 컸을 것인가.

이부인에게 그런 것이 눈으로 보는 이상으로 잘 보이는 듯 하더라.

그 동안의 심로를 생각하면 그것이 가엾어서 견딜 수 없는 그가 아닌가.

남편은 이내 선약을 받아 마시었으니, 병자의 그 짤막한 행동으로 부인의 마음은 벌써 안심이 된 듯 하더라.

약을 마시고 병자는 참으로 신기하다고 할만큼 순식간에 효과를 거두더라.

얼굴의 혈색도 그렇거니와, 이 때까지는 자기 자신도 지탱할 수

없었던 장국진은 이제는 기거동작에 힘도 아니 들이는 듯 하더라.

얼마 후, 그는 누가보아도 완쾌하고 건강하다고 할 정도로 완전히 회복되어 가더라. 회복 정도가 아니라, 그 이상의 건강이 그에게 와 주었더라. 그리고 보면 이 신기한 약은 용궁의 진보인 선약이 아니던 가. 그것만으로도 모든 설명은 족한 것이리라.

국진의 상처는 이제야 아문 듯 했고, 백운도사와 오금도사는 현명한 판단에 의해서 적군의 진영에 새로운 변화가 왔다는 것을 그들은 간파하더라.

병세가 위중해서 진문을 굳게 닫고 응전하지 않았던 장국진도 이제는 회복하여 싸우러 나오리라 하는 것까지 두 유명한 도사들은 예언하고 있더라.

도사들은 그들의 지혜를 가지고도 이부인의 정체를 알아보지는 못하는 듯하더라.

그것은 그들의 천문학에 전혀 없는 미지의 존재였기 때문이리라. 그러나 자기들의 포위를 헤치고 나가는 용감한 태도로 보아 틀림없이 천하명장이며, 혹 어쩌면 여학도사가 보내서 온 장군인지도 모른다고 그들은 생각하더라.

더구나 그들의 특별한 기술에 의해서 관찰하니, 이 미지의 용감한 장군은 명진에 들어가 장국진의 병환을 회복시켜 주고 있었으니, 그 재주가 비범한 것은 틀림이 없다고 내다 보고 있더라. 도사들은 진세를 바꾸지 않으면 아니 된다고 주장하더라.

이렇게 해서 달마왕과 천원왕은 포위진을 뜯어 다시 원래의 진형으로 자기의 군사들을 재정리하고 이런 다음 천원왕은 예의 용천금을 휘두르며 적진으로 호통을 치면서 달려 나가더라.

장국진과 이부인은 서로 나가겠다고 한동안 승강이를 했으나, 장원수는 이 새로운 사촌처남의 열의에 예의상 양보하고 물러서니, 그는 아직도 이부인을 사촌 처남이라고만 믿고 있는 것이더라.

이부인은 천원왕과 마주 싸우매, 보이지 않는 선녀들이 비호하고 있는 그 여자의 대담무쌍한 전투광경은 보는 사람들의 격찬을 받을 정도더라.

그것을 여자라고는 볼 수가 없고, 장국진이 자기의 처남이라고 생각하고 있는 것도 실로 그럴사한 일이었더라. 천원왕과 같은 천하 명장을 이부인은 오히려 고양이가 쥐를 잡 듯하는 대담한 솜씨로 공격하고 있는 것이 아닌가.

장국진은 그 통쾌한 솜씨에 자신도 모르게 탄복할 정도더라. 이런 차남을 진작 알았더라면 얼마나 좋았을까 하고 놀라기도 하더라.

이러한 놀라움과 찬탄은 적진에서도 마찬가지더라. 백운도사와 오금도사는 눈이 벌겋게 흥분해서 바라보고 있을 정도였고 그중에서도 이해가 빠르고 충성이 지극한 오금도사는 천원왕의 위험을 간파하고 재빨리 징을 쳐서 그를 돌아오게 하더라.

땀을 뻘뻘 흘리며 지쳐서 돌아온 천원왕은 자기의 피로도 잊고 적장을 칭찬하기에 정신이 없더라.

그의 견해에 의한다면 이부인은 장국진보다 몇 배나 더한 신출귀몰하는 명장인 것이더라.

이튼날 동이 트기도 전에 천원왕은 어제의 분패를 씻으려고 나가려 하자, 젊은 달마왕이 그를 밀고 앞질러 나가더라.

이부인은 어느새 그들의 앞으로 육박해 오고 있었으니, 달마왕이 이것을 막아 격전을 벌이더라.

　서로의 싸움은 한동안 승패없이 계속된 듯 좋은 적수인상 싶기도
하였으나, 얼마 가지 않아 지난번 장국진과의 싸움에서의 마찬가지
로 달마왕은 말에서 뚝 떨어져 하마터면 이부인의 비린도에 맞아
머리통이 흙덩이 부서지듯 부서질뻔 하더라. 이것을 천원왕이 재치있
게 구출하여 돌아 가더라.

　그런 후, 분격한 천원왕은 급히 말을 몰아 이부인과 싸우매, 얼마간
싸웠을 때, 천원왕의 용천금이 허공에서 번쩍하고 불이 나는 듯 하더
니, 그는 용천금을 전신의 힘을 다해서 내리친 것이더라. 이 때문에
이부인의 비린도가 반가량 부서져 도망치더라.

　아! 이 유일한 무기를 잃었으니 어떻게 할 것인가. 그러나　과연
이부인의 비범한 재주는 여기에 있었으니 그 여자는 남은 비린도를
어루만지며 입속으로 진언을 외우자 신기하게도 신통력을 가진 비린
도는 대번에 칠척 장검으로 화해버리는 것이 아니던가.

　천원왕은 투지를 잃어버리고 적장의 비범한 저주에 놀라 아예 그
밑으로 달려가 무릎을 꿇고 싶을 정도더라. 장대에서 이것을 보고
있던 오금도사와 백운도사가 각각 최후의 그들의 유일한 무기인 물병
과 화전을 손에 내어 들더라.

　백운도사가 먼저 그의 유일한 화전을 필사의 힘을 다해 적장을
향해 흔들자, 이 천지조화의 신기한 무기가 대번에 불로 화하여 이부
인을 감싸 버리더라. 순간 백운도사는 승리의 잔인한 미소마저 지어
보이더라.

　그러나 웬일인가. 다음 순간, 놀랄 만한 그야말로 천지개벽의 신화
같은 현상이 그들의 앞에 일어났으니, 이부인은 불에 쌓이자 선녀를
명해서 폭포를 내려 이 불을 끄라고 하달하매, 두 선녀는 허공으로

솟아 올라 만고에 없도록 신기한 폭포를 한동안 힘차게 쏟아 흘리더라. 불도 화전도 맥을 못 추며 간곳 조차 없으매, 오금도사가 이 때라고 생각하고 물병을 그의 필생의 힘을 다해서 기울이니라.

순식간에 홍수가 되어 명나라 진영으로 그 물이 흘러가매, 황하의 홍수도 이토록 거창하고 힘이 포악하다면 아마도 우임금의 구년치수를 애초부터 단념시켰을지 모를 일이더라. 그만큼 그것은 광폭한 홍수더라.

이부인은 다시 선녀를 불러 이 물을 적진으로 돌리라고 명령하니, 용왕의 기술자들인 두 선녀는 순식간에 그것을 바다로 만들어서 적진으로 향하게 하니, 아! 이 무슨 처절한 광경인가.

태초에 홍수가 있어서 지상의 만물을 온통 수중으로 삼켜 버렸다고는 하지만, 이토록 무서운 광경이 또 있었을 것인가.

달마국의 백만 군사와 천원국의 이백만 군사는 삽시간에 형체조차 찾을 길이 없게 되더라.

장국진은 천원왕을 뒤쫓고, 이부인은 달마왕을 뒤쫓아 달리더라. 백운도사와 오금도사 또 숱한 도사들은 제각기 술법을 다해서 이들을 막으며, 두 왕을 멀리 화룡산으로 보호해 들어가니 그들은 전쟁을 단념할 수 밖에 없겠더라.

이부인은 선녀들에게 최후의 명령을 내리기를, 화룡산을 철망으로 싸서 그리로 도망친 천원왕과 달마왕과 도사들을 생포해 놓으라고 하더라.

남의 눈에는 보이지 않는 용궁의 선녀들은 거뜬히 그 일을 해치우고 돌아와 부인에게 보고해 주더라. 천원왕도 어느새 그의 유일한 천하보배인 용천금이 장국진의 절륜도에 맞아 아무 작용도 못하게 되어 있더라.

현명한 도사들도 이제는 아무런 힘도 없고 꾀도 없고 반항도 못한 것이더라.

이부인은 선녀들에게 치하하고 이제는 일을 다 했으니 그만 돌아가라고 명령하고 나서, 자신은 남편에게로 향해 가자 장국진이 말하여 가로되,

"장군이 오셔서 나를 살리시고 적장과 도사들을 격파하여 감사하오만, 그러나 아직도 그놈들이 살아 있사온대 가시려 하니이까?"

하고, 상대방을 여전히 처남으로 믿고 있는 장국진이 이부인의 인사를 듣고 그렇게 말하더라.

"양 국왕과 도사들을 다 잡아 화룡산 어귀에 가둬 두었사오니, 임의로 처리하시고, 다만 양 국왕은 범인이 아니온 즉 욕이나 뵈옵시고 죽이지는 마옵소서. 도사들은 임의로 처치하옵소서."

하고, 이부인은 군이 하직하며 남편에게 말하더라.

"승상은 군사를 거느리시고 곧 호군하소서. 그대를 손꼽아 기다리겠나이다."

장국진은 할 수 없이 그를 떠나 보내더라. 이 때 또 약간 의문이 갔으나, 그는 처남이라고 믿는 자기의 심증을 굽히지 않더라.

장국진은 장수와 군사들을 화룡산으로 보내어 적왕과 도사들을 잡아오라고 명령하니, 처음에는 의아한 마음도 없지 않았으나 그들이 잡혀 왔을 때, 그는 또 다시 처남의 위대함에 새삼스레 놀랄 뿐이더라.

그는 장대에 높이 앉아 먼저 천원왕과 달마왕을 문죄하였고, 최후로 그들에게 황서를 받으며 훈계하여 가로되,

"너희를 죽여야 마땅할 것이로되, 내 호의를 생각하여 살려 두나니, 너희들은 황은을 축수하라."

장국진은 이런 정도로 적당히 곤장을 쳐서 그들을 방송한 것은 이부인의 특별한 간청이 있었기 때문이리라.

그러나 지혜를 믿고 그들에게 악독한 죄악을 가르쳐준 간악한 도사들만은 죄다 처참해 버리었으며 인류에게 죄악을 뿌리고 다니는 그들을 용서해 줄 수는 없는 것이었고, 이런일이 끝나자, 장국진은 우선 천자에게 승리의 글월을 올리고 서서히 회군의길에 오르더라.

천자는 만조제신들을 거느리고 멀리 십리 밖까지 나와 환영해 주었고 백성들의 즐거운 만세소리는 거리 거리 마다 그칠줄을 모르더라.

그들은 최고의 감격을 가지고 이 위대한 개선장군을 환영 하더라.

그것은 조금도 가식이 없는 진정한 감사의 발로로 그들은 자기네들에게 평화와 행복을 가져다 준 만고의 거룩한 영웅에게 존경을 다하고 있는 것이더라.

이러한 백성들과 천자와 여러 신하들의 물 끓듯 하는 감격의 환영을 받으며 대궐로 돌아온 장국진은 천자에게 또 한번 자세히 전쟁의 결과를 설명하고 나서 잠시 내집으로 돌아가니 여기서 그의 기쁨은 다시 한번 터져 오르더라.

그동안 줄곧 이부인을 사촌 처남이라고 믿어온 장국진은 본인인 이부인에게 처남을 찾았기 때문이더라.

어머니 왕씨와 이부인과 유부인은 잠시 그러한 아름다운 즐거움을 맛보기 위해서 그의 질문을 그대로 이렇게 빗대고 저렇게 빗대서 대답해 주더라.

더구나 이부인 자신은 조금도 웃지 않고 시치미를 뚝 떼며 처남을

대 주겠다고 하므로, 장국진은 도리어 어리둥절 하기까지 하더라.
아버지 장경구와 왕씨도 한몫을 거들어 장면은 더욱 희극화 해 가기
만 하더라.

"그래, 네 부모는 인사만 하고 돌아오더니, 사촌 처남은 그리 귀하
길래 안부를 묻느냐?"

왕씨는 그런 말을 하며 사랑스러운 아들을 당황케 해 주더라.

"이번에 소자 죽게 되었삽더니, 처남의 힘을 입사와 대공을 세우고
돌아왔나이다."

"그러시다니, 승상은 처남이 제일 반가울 것이 아니겠나이까. 유부
인은 어서 처남을 뵈옵게 해 주사이다."

하고, 이부인이 시치미를 뚝 떼며 유부인을 향해서 말하더라.

이래서 한바탕 웃음이 터졌고 마음이 약한 유부인은 드디어 내당으
로 들어가 이부인의 투구와 갑옷과 무기를 가지고 나서더라.

장국진은 더욱 어리둥절해서 그것을 지켜보고 있더라.

유부인은 웃어 가며 투구와 갑옷 따위를 이부인에게 입혀주고,
최후로 비린도와 홀기를 그 여자의 양손에 쥐어 주더라. 그리고 나서
유부인은 시치미를 뚝 떼고 선언하여 말하되,

"자, 승상 보사이다! 승상이 찾고 계시는 사촌 처남이 아니오리
까?"

장국진의 기쁨과 감격은 말할 수가 없으니 이부인에게 달려가 끌어
안더라. 왕씨도 아버지도 유부인도 거기에 모여 앉은 전부가 눈물을
흘리더라.

이부인은 용궁선녀의 이야기를 하며 자기의 공로를 유부인에게
돌리니라.

　장국진은 대궐에 들어가 천자에게 이러한 사실을 주달하더라.

　천자는 감격하시며, 장국진을 승상에다 초왕을 봉하시고, 이부인을
정렬왕비, 유부인은 숙렬부인에 각각 봉하시는 한편, 많은 상사를
하시더라.

　그후 이부인은 삼남 이녀, 유부인은 삼남 일녀를 두어 장국진의
후손은 대대로 부귀영화를 누려가더라. 부모가 돌아가신 후, 삼년거
상에 효도도 지극했으니, 백성들은 장국진을 송덕하며 격양가를 부르
더라.

전우치전
田 禹 治 傳

◇작품 해설◇

　도술(道術)을 소재(素材)로 한 괴담적(怪談的)소설로서,「홍길동전」과
함께 우리나라 고대소설의 대표작이라 할 수 있다.

　실재(實在)하였다는 전우치(田禹治)가 의협심을 발휘하여 지방관리들의
부패상을 시정하고 백성들의 곤궁한 생활을 구제코자하여 자기가 익힌
도술을 이용하는 등, 강한 자를 누르고 약한 자를 돕는다는 의협적인 소설
이다.

　전우치의 그 신묘(神妙)한 도술과 통쾌무비한 술수(術數)는 읽는 사람
으로 하여금 무릎을 치고 쾌재(快哉)를 부르게하니 이 작품의 밑 바닥에
흐르는 억강부약(抑強扶弱)하는 작자의 혁신적인 사상에 수긍이 절로 가게
한다.

　전우치는 이조 중엽(16세기중엽) 때의 실존 인물로서 담양(潭陽) 사람
이었으며 선비로서 도·선술(道仙術)을 겸비하였다 하나 말년에는 송도
(松都)에 숨어 세상과 등을 지니고 말았다 한다.

전우치전(田禹治傳)

이조 초에 송경(松京) 숭인문(崇仁門) 안에 한 선비가 있었으니, 그 이름이 전우치(田禹治)라.

일찍 높은 스승을 만나 신선의 도를 배우되, 본래 재질이 남다르고 겸허하여 정성이 지극하므로 마침내 오묘한 이치를 통하고 신기한 재주를 얻었으니, 소리를 숨기고 자취를 감추어 지내므로 비록 가까이 노는 이도 아는 사람이 없었다.

이 때 남쪽 해변 여러 고을이 여러 해 동안 도적의 노략(擄掠)을 입은데 설상가상으로 무서운 흉년을 만나니 그 곳 백성의 참혹한 형상은 이루 붓으로 그리지 못하더라.

그러나 조정에 벼슬하는 이들은 권세를 다투기에만 눈이 붉고 가슴이 탈 뿐이요, 백성의 질고(疾痼)는 모르는 듯 내버려 두니 뜻 있는 이는 팔을 뽑아 내어 통분함이 이를 길 없더라. 우치 또한 참다 못하여 마침내 뜻을 결단하고 집을 버리며 세간을 헤치고 천하로 집을 삼고 백성으로 하여금 몸을 삼으려 하더라.

하루는 몸을 변하여 선관(仙官)이 되어, 머리에 쌍봉금관(雙鳳金冠)을 쓰고 몸에 홍포(紅布)를 입고 허리에 백옥대(白玉帶)를 띠고 손에 옥홀(玉笏)을 쥐고 청의동자(靑衣童子) 한쌍을 데리고 구름을 타고 안개를 멍에하여, 바로 대궐 위에 이르러 공중에 머물러 섰으니 이 때는 춘정월(春正月) 초 이틀이라.

상(上：임금)이 문무백관의 진하(進賀)를 받으실제, 문득 오색채운(五色彩雲)이 만천(滿天)하고 향풍(香風)이 촉비(觸鼻)하더니, 공중에서 말하여 가로되.

"국왕은 옥황(玉皇)의 칙지(勅旨)를 받으라."

하거늘 상이 놀라사 급히 백관을 거느리시고 전(殿)에 내리사 분향(焚香) 첨망(瞻望)하니, 선관이 오운(五雲) 속에서 이르되,

"이제 옥제(玉帝) 천하에 구차한 중 죽은 영혼을 위로하실 양으로 태화궁(泰和宮)을 창건(創建)하실새, 인간 각 나라에 황금 대들보 하나씩을 만들어 올리되, 길이가 오척이요, 넓이는 칠척이니 춘삼월 망일(望日)에 올라가게 하라."

하고, 언홀(言訖)에 하늘로 올라 가거늘, 상이 신기히 여기시며 전에 오르사 문무(文武)를 모아 의논하실새, 간의대부(諫議大夫)가 여짜오되,

"이제 팔도(八道)에 반포하여 금을 모아 천명을 받듦이 옳으리이다."

상이 옳게 여기사 팔도에 금을 모아 바치라 하고, 공인(工人)을 불러 일변 금을 불려 길이와 넓이의 치수를 맞추어 지어내니, 왕공경사(王公卿士)의 집안에 있는 것은 물론이요, 팔도에 금이 진하고 심지어 비녀에 올린 금까지 벗겨 올리니, 상이 기꺼하사 삼일제계

(齊戒)하시고, 그 날을 기다려 포진하고 등대하더니, 진시(辰時)쯤
하여 상운(祥運)이 대궐 안에 자욱하고 향내가 코를 찌르며 오문
속에 선관이 청의동자를 좌우에 세우고 구름에 쌓였으니 그 형용이
극히 황홀하더라.

상이 백관을 거느리시고 부복 하시니, 그 선관이 전지(傳旨)를
내려 가로되,

"고려왕이 힘을 다하여 천명을 순종하니 정성이 지극한지라, 고려
국이 우순풍조(雨順風調)하고 국태민안(國泰民安)하여 복조(福
兆)무량하리니 상천을 공경하여 덕을 닦고 지내라."

말을 마치며, 우편으로 쌍동학제를 타고 내려와 요구에 황금들보를
걷어 올려 채운에 싸여 남쪽땅으로 행하니, 무지개가 하늘에 뻗치고
비바람 소리가 진동하며 오색채운이 각각 동서로 흩어지거늘, 상과
제신이 무수히 사례하고, 육궁(六宮) 비빈(妃嬪)이 땅에 엎디어 감히
우러러 보지 못하더라.

이 때 우치는 그 들보를 가져다가 이 나라 안에서는 처치하기가
어려운지라 그 길로 구름을 멍에하여 서공지방으로 향하여 먼저 들보
절반을 베어 팔아서 쌀 십만 석을 사고 다시 배를 마련하여 나눠
싣고 순풍을 타고 가져가 십만 빈호(貧戶)에 알맞게 나눠 주고 당장
굶어 죽는 어려움을 건지고 이듬해의 농량과 종자로 쓰게 하니, 백성
들은 너무나 기쁜 나머지 다만 손을 마주 잡고 여천대덕(如天大德)
을 칭사할 뿐이요, 관장(官長)들도 또한 기가 막히고 어리둥절하여
어찌 된 곡절인지를 몰라 하더라.

우치는 이러한 뒤에 한 장의 방(榜)을 써서 동구(洞口)에 붙였는
데 그 글에는,

〈이번에 곡식을 나누어 줌으로써 혹 나를 칭송하지만 이는 마땅치
아니한지라. 대개 나라는 백성을 뿌리삼고 부자는 빈민이 만들어
줌이어늘, 이제 너희들이 양순한 백성과 충실한 임금으로 이렇듯
참혹한 지경에 이르렀건만은 벼슬한 이가 길을 트지 아니하고
감열한 이가 힘을 내고자 아니함이 과연 천리(天理)에 어그러져
신인(神人)이 공분(公憤)하는 바이기로, 내 하늘에 대신하여 이러
저러한 방법으로 이리저리 하였으니, 너희들은 모름지기 이뜻을
깨달아 잠시 남에게 맡겼던 것이 돌아온 줄로만 알고 남의 힘을
입는 줄은 아지 말지어다. 더욱 자칭하여 심부름한 내가 무슨 공이
있다하리오. 이렇게 말하는 나는 처사(處士) 전우치로다〉

하였더라,

이 때 이 소문이 나라에 들리게 되자 비로소 전후 사연을 알고
임금을 속이고 나라를 소란케 했으니 그 죄를 용서하지 못한다하여,
널리 그 증거를 수탐(搜探)하자 우치는 더욱 괘씸하게 여기고 스스로
말하되,

"약한 자를 붙들어다 허물함은 굳센 자가 제 잘난 체하는 예사
(例事)인지라, 내가 저희들의 굳센 것이 얼마 안된다는 것을 실상
으로 알려야겠다."

하고, 계교를 생각하여 들보 한 머리를 베어가지고 서울에 가서 팔려
하니 보는 사람마다 의심 아니할 리가 없더라.

마침 토포관(討捕官)이 보고 크게 고이 여겨 우치더러 묻기를,

"이 금이 어디서 났으며 값은 얼마나 하느냐?"

우치가 대답하기를,

"이 금이 난 곳이 있거니와, 값인즉 얼마가 될지 달아서 파는데
오백량을 주겠다면 팔까 하오."
토포관이 또 묻기를,
"그대 집이 어딘가? 내가 내일 반드시 돈을 가지고 찾아 갈터이
니"
우치가 말하되,
"내집은 남선부주요, 성명은 전우치라 하오."
토포관은 우치와 이별하고 나서 고을에 들어가 태수(太守)에게
고하자 태수는 크게 놀라,
"지금 본국에는 황금이 없는데 이는 틀림없이 무슨 연고가 있을
것이라."
하고, 관리들을 압령(押令)하여 발차(發差)하려 하다가 다시 생각하
되,
"이는 자세하지 못한 일이니 은자 오백량을 주고 사다가 진위(眞
僞)를 알아보자."
하고, 은자 오백량을 주며 사오라 하니, 토포관이 관리를 데리고 남선
부로 찾아가자 우치가 맞아들여 예를 마친 후 토포관이,
"금을 사러왔소."
하자, 우치는 응락하고 오백량을 받은 다음 금을 받아본 태수는 크게
놀라,
"이 금은 들보 머리를 베인 것이 분명하니, 필경 우치로다."
하고, 한편 이 놈을 잡아 진위를 안 후에 장계(狀啓)함이 늦지
않다 하고, 즉시 십여명에게 분부하여 빨리 가서 잡아오라 하자
관리는 영을 듣고 바삐 남선부로 가서 우치를 잡아내자, 우치는

좋은 음식을 차려 관리를 대접하면서 말하기를,

"그대들이 수고로이 왔소. 나는 죄가 없으니, 결단코 가지 아니하
겠으니 그대들은 돌아가 태수에게 우치는 잡혀오지 않고 태수의
힘으로는 못 잡으리니, 나라에 고하여 군명(君命)이 있은 후에야
잡혀 가겠노라고 고하라."

하며, 조금도 요동하지 않으므로 관리는 할 수 없이 그대로 돌아가
태수에게 사실대로 고하니라.

태수는 이 말을 듣고 놀라 즉시 토병(討兵) 오백을 점고(點考)하
여 남선부에 가 우치의 집을 에워싸고, 한편 이 일을 나라에 장계하자
상은 크게 놀라시며 노하사 백관을 모아 의논을 정하시고 포청(捕
廳)으로 잡아 오라 하시고는 친국(親鞫)하실 기구를 차리시고 잡아
오기를 기다리시더라.

이 때 금부(禁府)의 나졸(羅卒)들이 군명을 받들고 남선부에가
우치의 집을 에워싸고 잡으려 하니, 우치는 냉소하며,

"너희 백만군이 와도 내 잡혀 가지 아니하리니, 너희 마음대로
나를 철색(鐵索)으로 단단히 얽어 가라."

하기에, 모든 나졸이 일시에 달려들어 철색으로 동여매고 전후 좌우
로 둘러싸고 가는데, 우치가 또 말하기를

"나를 잡아 가지 않고 무엇을 메고 가는가?"

토포관이 놀라서 보니 한낱 잦나무를 매었는지라, 좌우에 섰던
나졸이 기가막혀 아무말도 못하는데 우치는,

"네가 나를 잡아가고자 하거든 병 한 개를 주겠으니 그 병을 잡아
가거라."

하고, 병 하나를 내어 땅에 놓으므로 여러 나졸이 달려들어 잡으려

하자, 우치는 그 병 속으로 들어 가매, 나졸이 병을 잡아들자 무겁기
가 천근이나 되는 것 같은데 병속에서 이르되,

"내, 이제는 잡혔으니 올라 가리라."

하기에, 나졸은 또 우치를 잃어 버릴까 겁을 내어 병마개를 단단히
막아서 짊어지고 와서 바치자 상이,

"우치가 요술을 한들 어찌 능히 병 속에 들었으리오."

하시니, 문득 병 속에서 말하기를,

"답답하니 병마개를 빼어 다오"

하거늘 상이 그제야 병 속에 든 줄 아시고 여러 신하에게 어떻게
처치할 것인가를 물으시니 여러 신하가 가로되,

"그 놈이 요술이 용하오니, 가마에 기름을 끓이고 병을 넣게 하소
서."

상이 옳게 여기사 기름을 끓이라 하시고 병을 잡아 넣으니 병속에
서 말하기를,

"신의 집이 가난하여 추위 견딜 수 없삽더니, 천은(天恩)이 망극하
사 떨던 몸을 녹여 주시니 황감하여이다."

하거늘, 상이 진노(震怒)하사 그 병을 깨어 여러 조각을 내니 아무
것도 없고 병조각이 뛰어 어전에 나아가 가로되,

"신이 전우치어니와 원컨대 군신간(君臣間)의 죄를 다스릴 정신으
로 백성이나 평안케 함이 옳을까 하나이다."

하고, 조각마다 한결같이 하거늘 상이 더욱 진노하사 도부수(刀斧
手)로 하여금 병조각을 빻아 가루를 만들어, 다시 기름에 끓이라
하시고 전우치의 집을 불지르고 그 터에 연못을 만드시고 여러 신하
와 더불어 우치 잡기를 의논하시자 여러 신하가 여짜오되,

"요적(妖賊)전우치를 위엄으로 잡을 수 없사오니 마땅히 사대문
방(榜)을 붙여 우치가 스스로 나타나면 죄를 사하고 벼슬을 주리
라 하여 만일 나타나거든 죽여 후환을 없이함이 좋을까 하나이다."
상이 그 말을 좇으사 즉시 사대문에 방을 붙였는데 그 방에는,

〈전우치가 비록 나라에 득죄하였으나, 그 재주 용하고 도법이 높으
되 알리지 못함은 유사(有司)의 책망이요, 짐의 불명함이니 이
같은 영걸(英傑)을 죽이고자 하였으니 어찌 차탄치 않으리요. 이제
짐이 전사를 뉘우쳐 특별히 우치에게 벼슬을 주어 국정을 다스리고
백성을 편안코자 하나니 전우치는 나타나라〉

씌어 있더라.
이 때 전우치는 구름을 타고 사처로 다니며 더욱 어진 일을 행하고
있던 중, 한곳에 이르러 보니, 백발노옹(白髮老翁)이 슬피 울거늘
우치가 구름에서 내려와 그 슬피 우는 사유를 물으니, 그 노옹이 울음
을 그치고,
"내 나이 칠십 삼세에 다만 한낱 자식이 있더니 애매한 일로 살인
죄수로 잡혀 죽게 되었으므로 서러워 우노라."
우치 말하되,
"무슨 애매한 일이 있었나이까?"
노농이 대답하기를,
"왕가라 하는 사람이 있는데 자식이 친하여 다니더니, 그 계집의
인물이 아름다우나 음란하여 조가라하는 사람을 통간하여 다니다
가 왕가에게 들키어 양인이 싸워 낭자하게 구타당하더니 자식이

마침 갔다가 그 거동을 보고 말리어 조가를 제 집으로 보낸 후 돌아왔더니 왕가가 그 싸움 때문에 죽자, 그 외사촌이 있어 고장(藁葬)하여 취옥(就獄)함에 조가는 형조판서(刑曹判書) 양문덕(楊文德)의 문객이라, 친분음이 있어 빠져나오고 내 자식은 살인정범(殺人正犯)으로 문서를 만들어 옥중에 가두니 이러하므로 슬피 우는 것이오."

우치는 이 말을 듣고,

"그렇다면 조가가 원범이라."

하고,

"양문덕의 집이 어디요?"

하고, 묻자 노옹이 자세히 가르쳐 주므로, 우치는 노옹을 이별하고 몸을 흔들어 변신하여 일진청풍(一陣青風)이 되어 그 집에 이르니 이 때 양문덕이 홀로 당상(堂上)에 앉았거늘 우치가 그 동정을 살피자, 양문덕은 거울을 마주하고 얼굴을 보고 있는지라, 우치는 변신하여 왕자가 되어 거울앞에 앉아 거울을 살펴 보니 아무것도 없는지라.

〈요얼(妖孽)이 백주에 나를 희롱하는가〉

하고, 다시 거울을 살펴 보니, 아까 앉았던 사람이 그저 서서.

"나는 이번 조가에게 맞아죽은 왕상인데 원혼이 되어 원수갚기를 바랐더니 상공이 이가를 그릇되어 가두고 조가를 놓으니 이 일이 애매한지라, 지금이라도 조가를 가두고 이가를 방송(放送)하라, 그렇게 하지 않는다면 명성(明聖)에 가서 송사하겠라."

하고, 홀연히 간 데가 없는지라, 양문덕은 크게 놀라 즉시 조가를

202

얽어 매고 엄문하니 조가는 애매하다면서 발명하는지라 왕가는 소리
높여.

"이 몹쓸 조가야! 어찌 내 처를 겁탈하고 또 나를 쳐죽이니, 어찌
구천(九泉)의 원혼이 없으리요. 만일 너를 죽여 원수를 갚지 못하
면 명부(冥府)에 송사하여 너와 양문덕을 잡아다가 지옥에 가두고
나오지 못하게 하리라."

하고는 소리가 없으니 조가는 머리를 들지 못하고 있는지라, 양문덕
은 놀라 어떻게 할 줄 모르다가 이윽고 정신을 진정하여 조가를 엄문
하니, 조가는 능히 견디지 못하여 개개복초(個個伏招)하더라. 이에
이가를 놓아주고 조가를 엄수(嚴囚)하고, 즉시 조정에 상달하여 조가
를 복법(服法)하니 이 때 이가는 집으로 돌아가 아비를 보고 왕가의
혼이 와서 여차여차하여 놓여남을 말하니, 노옹이 기쁨을 이기지
못하더라.

이 때 우치는 이가를 구하여 보내고 얼마쯤 가다가 홀연히 보니
저자 거리에 사람들이 돈의 머리 다섯을 가지고 다투고 있는지라,
우치가 구름에서 내려 그 연고를 묻자 한 사람이 이르되,

"저도 쓸 데가 있어 사가거늘 이 관리놈이 앗아 가려고 하기에
다투는 것이오."

하거늘, 우치는 관리를 속이려 하여 진언(眞言)을 외우니 그 저(猪)
두 입을 벌리고 달려들어 관리의 등을 물려하거늘 관리와 구경하던
사람이 일시에 헤어져 달아나더라.

우치가 또 한곳에 이르니 풍악(風樂)이 낭자하고 노래소리가 요란
한지라 즉시 여러 사람의 좌중에 들어가 절하고,

"소생은 지나가는 길손이온데 여러분이 모여 즐기시매, 감히 들어

와 말석에서 구경코자 하나이다."

여러 사람이 답례한 후 서로 성명을 통하고 앉음에 우치가 눈을 들어 보니, 여러 좌객(座客) 중에 운생과 설생(薛生)이란 자가 거만하게 우치를 보고 냉소하며 여러 사람과 수작하기에 우치는 쾌씸함을 이기지 못하더니 이윽고 주반(酒飯)이 나오는지라 우치가,

"제형의 사랑하심을 입어 진수성찬을 맛보니 만행이로소이다."

고 하자, 설생이 웃으며,

"우리는 비록 빈한하나 명기와 진찬(珍饌)이 많은데, 전형(田兄)은 처음 본 듯한 것이요."

우치도 웃으며,

"그러나 없는 것이 많소이다."

이 말에 설생은,

"팔진성찬에 빠진 것이 없거늘, 무엇이 부족타 하오?"

"우선 선득선득한 수박도 없고, 시큼 달콤한 포도도 없고 시금시금한 승도(僧桃)도 없어 빠진 것이 무수하거늘 어찌 다 있다 하오?"

제생이 손뼉을 치며 크게 웃더니,

"이때가 봄철이라, 어이 그런 실과가 있겠소?"

"내 오다가 본즉 한곳에 나무 하나가 있는데 각색 과실이 열리지 아니한 것이 없었소이다."

"그렇다면 형이 그 과실을 만일 따온다면 우리들이 납두편배(納頭遍拜)하고 만일 형이 따오지 못한다면 형이 만차중의 볼기를 맞을 것이요."

"좋소이다."

하고, 응락한 우치는 즉시 한 동산에 가니, 도화가 만발하여 금수장
(錦繡帳)을 드리운 듯하거늘, 우치는 두루 완상(玩賞)하다가 꽃 한
떨기를 따서 주문을 외우자 낱낱이 변하여 각색 실과가 되더라. 그것
을 소매 속에 넣고 돌아와 좌중에 던지니 향기가 코를 스치며 승도,
포도, 수박이 낱낱이 나오는 것이더라. 여러 사람은 한편 놀라고 한편
기꺼워하며 저마다 다투어 손에 집어 구경하며 칭찬하기를,

  "전형의 재주는 보던 바 처음이요."
하고, 창기에게 명하여 술을 가득 부어 권하더라. 우치는 술을 받아
들고 운·설 양인을 돌아보며,

  "이래도 사람을 업수이 여기겠소? 그러나 형들이 이미 사람을
  경모(輕侮)한 죄로 천벌을 입었을지라. 내 또한 말함이 불가하다."
하는지라, 운·설 양인이 입으로는 비록 손사(遜謝)하는 체하나 속으
로는 종시 믿지 아니 하더니, 운생이 마침 소피하려고 옷을 끄르고
본즉 하문이 편편하여 아무것도 없거늘 크게 놀라서,

  "이 어이한 연고로 졸지에 하문이 떨어졌는고?"
하며, 어찌할 줄 모르거늘 모두 놀라서 본즉 과연 민숭민숭한 지라
크게 놀라.

  "소변을 어디로 보리요."
  할 즈음 설생 또한 자기의 아랫쪽을 만져보니 역시·그러한지라,
두 사람이 놀라서 서로 의논하며,

  "전형이 아까 우리들을 희롱하더니 이러한 변괴가 났구나. 장차
  이 일을 어찌할 것이요."
하는데, 창기 중 제일 고운 계집의 소문이 간 데 없고 문득 배위에
구멍이 났는지라 망극하여 어떻게 할 줄을 몰라 하더라.

그 중에 오생(吳生)이란 자가 총명이 비상하여 지감(知鑑)이 있었는데 문득 깨달아 우치에게 빌기를,

"우리들이 눈이 있으나 망울이 없어 선생께 득죄하였사오니 바라건대 용서하소서."

우치가 웃고 진언을 외우자 문득 하늘에서 실 한끝이 내려와 땅에 닿으니, 우치는 크게 소리치기를,

"청의동자 어디 있느냐?"

말이 채 끝나기도 전에 한 쌍의 동자가 표연히 내려오는 것이더라. 우치가 분부하여 가로되,

"네 이 실을 타고 하늘에 올라가 반도(蟠桃) 열개를 따오라. 그렇지 않으면 변을 당하리라.

우치가 말을 마치자 동자는 명을 받고 줄을 타고 공중에 올라가니, 여러 사람들이 신기하게 여겨 하늘을 우러러 보니 동자는 나는 듯이 올라가더니, 이윽고 복숭아 잎이 분분(紛紛)히 떨어지며 사발만한 붉은 천도(天桃) 열개를 내리쳤는데 조금도 상하지 않더라. 여러 사람들이 일시에 달려와 주워가지고 서로 사랑하는 지라 우치는 여러 사람에게 나누어 주고,

"제형과 창기 등이 아까 얻은 병은 이 선과(仙果)를 먹으면 쾌히 회복하리라."

하자, 제형과 창기 등이 하나씩 먹은 후 저마다 만져보니 여전한지라. 사례 하기를,

"천선(天仙)이 내려오신 줄 모르고 우리들이 무례하여 하마트면 병신이 될뻔 하였구나."

하며, 지극히 공경하더라. 우치는 가장 존중한체 하다가 구름에 올라

동으로 향해 가다 또 한곳에 이르러 보니 두어 사람이 서로 이르되,

"차인이 어진 일을 많이 하더니 필경 이 지경에 이르니 참 불쌍하
도다."

하고, 눈물을 흘리는지라. 우치가 구름에서 내려 두 사람에게 물어
가로되,

"그대는 무슨 비창한 일이 있어 그렇게 슬퍼하는가?"

두 사람은 대답하기를,

"이 곳 호조(戶曹)의 고직이, 장세창(張世昌)이라 하는 사람이
효성이 지극하고 심지어 집이 빈곤한 사람도 많이 구제하더니,
호조문서(文書)를 그릇하여 쓰지 아니한 은자(銀子) 이천량을
물지 못함에 형벌을 받겠기에 자연히 비창함을 금치 못해서 그
러오."

우치가 이 말을 듣고 잠깐 눈을 들어 본즉 과연 한 남자를 수레에
싣고 형장(刑場)으로 나아가고 그 뒤에 젊은 계집이 따라 나오며
우느지라 우치가 묻기를,

"저 여인은 누구뇨?"

"죄인의 부인이오."

하는데, 이윽고 옥졸(獄卒)이 죄인을 수레에서 내려 제구(諸具)를
차리며 시각을 기다리는 것이니라. 우치는 즉시 몸을 흔들어 일진청
풍이 되어 장세창과 여자를 거두어 가지고 하늘로 올라 가거늘, 중인
(衆人)이 일시에 말하되,

"하늘이 어진 사람을 구하시는도다"

하고, 기뻐하더라.

이 때 형관(刑官)이 크게 놀라 급히 이 연유를 상달하니 상감과

백관이 모두 놀라고 의심하시더라.

차설, 우치가 집으로 돌아와 본즉 두 사람의 기색이 엄엄하였으므로 급히 약을 흘려 넣었는데 이윽고 깨어나 정신이 황홀하여 진정하지 못하는 것이었으며, 우치가 전후사정을 말하자 장세창 부부는 고개를 숙여 사례하여,

"대인(大人)의 은혜는 태산 같으니 차생에 어찌 다 갚으리이까?"

우치는 손사하고 집에다 두더라.

하루는 한가함을 타 우치는 명승지를 두루 구경하다가 한곳에 이르니 사람이 슬피 우는 소리가 들리기에 가서 우는 이유를 물어보니 그 사람이 공손히 말하기를,

"나의 성명은 한자경(韓子景)인데 부친의 상사를 당하여 장사지낼 길이 없고 또한 겸하여 날씨가 추운데 칠십 모친을 봉양할 도리가 없어 우는 것이오."

우치는 아주 불쌍히 여겨 소매에서 족자 하나를 내어 주며,

"이 족자를 집에 걸고 〈고직아〉 부르면 대답할 것이니 은자 백냥만 내라 하면 그 족자 소리를 응하여 즉시 줄 것이니, 이로써 장사지내고 그 후부터는 매일 한량씩만 드리라 하여 자친을 봉양하라. 만일 더 달라 하면 큰 화를 입을 것이니 부디 조심하오."

그 사람은 믿지 아니하나 받은 후 사례하며,

"대인의 존성(尊姓)을 알고자 하나이다."

하거늘,

"나는 남선부 사람 전우치로다."

그 사람은 백배 사례하고 집에 돌아와 족자를 걸고 보니 아무것도

없이 큰 집 하나를 그리고 집 속에 열쇠 가진 동자 하나를 그렸는지라. 시험해 보리라 하고 〈고직아〉하고 부르니 그 동자가 대답하고 나오더라. 매우 신기하게 여겨 은자 일백량을 드리라 하니 말이 끝나기 전에 동자가 은자 일백량을 앞에 놓더라.

한자경은 크게 놀라며 또한 크게 기뻐하여 그 은을 팔아 부친의 장사를 지내고 매일 은자 한량씩 드리라 하여 일용에 쓰니, 가산이 풍족하여 노모를 봉양하며 은혜를 잊지 못하더라.

하루는 쓸 곳이 있어,

'은자 일백량을 당겨 쓰면 어떠할까?'

하고, 한자경이 고직을 부르니 동자 대답하거늘,

"내 마침 은자 쓸 곳이 있으니 은자 일백량만 먼저 쓰게 함이 어떠하뇨?"

고직이 듣지 아니하므로 재삼 간청하니 고직이 문을 열거늘 한자경이 따라 들어가 은자 백량을 가지고 나오려 하니 벌써 문이 잠겼는지라 한자경은 크게 놀라 고직을 불렀으나 대답이 없더라.

크게 노하여 문을 박차니 이 때 호조판서가 마루에 좌기(坐起)할새, 고직이 고하되,

"돈 넣은 곳에서 사람 소리가 나니, 매우 괴이하더이다."

호판이 의심하여 추종(騶從)을 모으고 문을 열고 보니, 한 사람이 은을 가지고 섰는지라 고직이는 깜짝 놀라 급히 묻기를,

"너는 어떤 놈이기에 감히 이곳에 들어와 은을 도적하여 가려느냐?"

한자경이 대답하기를,

"너희는 어떤 놈이기에 남의 내실에 들어와 무례하게 구느냐?

바삐 나가거라."

하고. 재촉하자, 고직이 미친 놈으로 알고 잡아다가 고하니 호판이
분부하되,

"이 도적놈을 꿇어 앉히라."

하고, 치죄(治罪)할새, 한자경이 그제야 정신을 차려 자세히 보니
제 집은 아니요 호조(戶曹)인지라 놀라 가로되,

"내가 어찌하여 이곳에 왔던고? 의아한 꿈인가?"

하더니, 호판이 묻기를,

"너는 어떠한 놈이관데 감히 어고(御庫)에 들어와 도적질하니
죽기를 면치 못할지라. 네 동기를 자세히 아뢰라."

"소인이 집에 걸린 족자 속에 들어가 은을 가지고 나오려 하더니
이런 변을 당하오니 소인도 생각지 못한 일이로소이다."

호판이 의혹하여 족자의 출처를 물으니, 자경이 전후 사정을 고하
자 호판이 크게 놀라 묻기를,

"너는 언제 전우치를 보았느냐?"

대답하기를,

"본지 오삭(五朔)이나 되었나이다."

호판은 한자경을 엄수하고 각 창고를 조사하는데 은궤(銀櫃)를
열고 본즉 은은 없고 청개구리가 가득하여, 또 돈고를 열어 보니 돈은
없고 누런 뱀만 가득하거늘, 호판이 이를 보고 크게 놀라 이 연유를
상달하니 상이 대경(大驚)하사 여러 신하를 모아 의논 하시더니 각
창고의 관원이 아뢰되,

"창고의 쌀이 변하여 버러지 뿐이요. 쌀은 한 섬도 없나이다."

또, 각영(各營) 장신(將臣)이 보고하기를,

"고의 군기(軍器)가 변하여 나무가 되었나이다."

또 궁녀 고하기를,

"내전에 범이 들어와 궁인을 해하나이다."

하거늘, 상이 대경하사 급히 궁노수(宮奴手)를 발하여 내전에 들어가 보니 궁녀마다 범 하나씩 탔는지라, 궁노를 발치 못하고 이 연유를 상주하니, 상이 더욱 대경하사 궁녀 앞질러 쏘라 하니, 궁노수 하교를 듣고 일시에 쏘니 흑운이 일며 범탄 궁녀 구름에 싸이어 하늘로 올라 호호탕탕(浩浩蕩蕩)히 헤어지더라. 상이 차경(此景)을 보시고,

"다 우치의 술법이니, 이놈을 잡아야 국가 태평하리라."

하시고, 차탄하실제, 호판이,

"이 고에 도적을 엄수(嚴囚)하였삽더니, 이놈이 우치의 당류(黨類)라 하오니 죽이사이다."

상이 윤허(允許)하심에 이 한가를 행형할세, 문득 광풍이 대작하여 한자경이 간 데 없으니 이는 전우치의 구함이라. 행형관(行刑官)이 이대로 상달하니라.

차시에 우치 자경을 구하여 제 집으로 보내어,

"내 그대더러 무엇이라 당부하였느뇨. 그대를 불쌍히 여겨 그 그림을 주었거늘, 그대 내 말을 듣지 아니하고 하마트면 죽을뻔 하였으니 이제 누구를 원하며 누구를 한하리오."

하고, 제 집으로 보내니라.

우치 두루 돌아 다녀 한곳에 다달아 보니, 사문(四門)에 방을 보였거늘, 내심에 냉소(冷笑)하고 궐문(闕門)에 나아가 크게,

"전우치 자현하나이다."

정원(政院)에서 연유를 상달하니 상이 가로되,

"이 놈의 죄를 사하고 벼슬을 시켰다가 만일 영난함이 또 있거던 죽이리라,"

하시고, 즉시 입시하라 하시니, 우치 들어와 복지사은(伏地謝恩)하니, 상이 가로되,

"네 죄를 아느냐?"

우치 복지사례 하며.

"신의 죄 만사무석(萬事無惜)이로소이다."

"내 네 재주를 보니 과연 신기한지라, 중죄를 사하고 벼슬을 주노니 너는 진충보국(盡忠報國)하라."

하시고, 선전관(宣傳官)에 동자관 겸 사복내승(東子官兼司僕內承)을 하게 하시니, 우치 사은숙배하고 하처를 정하고 궐내(闕內)에 입직(入直)할새, 행수선전관(行首宣傳官) 이조사(李曹司)보채기를 심히 괴롭게 하는지라. 우치 갚으려 하더니, 하루는 선전관이 퇴질을 차례로 할새, 우치 조사 차례를 당함에 가만히 망두석(望頭石)을 빼어다가 퇴를 맞추니 선전관들의 손바닥에 맞치어 어파 능히 치지 못하고 그치더라.

이리저리 수삭(數朔)이 됨에 선전들이 모두 하인을 꾸짖어 허참(許參)을 재촉하라 하니, 하인들이 연유를 보데 우치는,

"나는 괴를 옮겼기로 더 민망하니 명일 백사장(白沙場)으로 제진(齊進)하라."

서원(書員)이 품(稟)하되,

"자고(自古)로 허참을 적게 하려도 수백금(數白金)이 드오니 사오일을 숙설(熟設)하와 치르리이다."

"내 벌써 준비함이 있으니, 너는 잔말 말고 개문입시(開門入侍)

하여 하인 등을 대령(待令)하라."

서원과 하인이 물러나와 서로 의논하되,

"우치 비록 능하나 이 일 새에는 믿지 못하리라."

하고, 각처에 지휘하여 명일 평명(平明)에 백사장으로 제진하게 하니라.

이튿날 모든 하인이 백사장에 모이니, 구름차일은 반공(半空)에 솟아 있고, 포진(布陣)과 수석(首席) 금병(金屛)이 눈에 휘황 찬란하며, 풍악이 진천(震天)하며, 수십간 뜸집을 짓고 일동 숙수아(熟手兒) 십 명이 앞에 안반을 놓고 음식을 장만하니, 그 풍비(豊備)함은 금세(今世)에 없을 것이더라.

날이 밝음에 선전관 사오인이 일시에 준총(俊驄)을 타고 나오니, 포진은 극히 화려한지라. 차례로 좌정(坐定)함에 오음육률(五音六律)을 갖추어 풍악을 질주(迭奏)하니, 맑은 소리 반공에 어지더라.

각각 상을 드리고 잔을 날려 술이 반감(半酣)함에 우치는,

"조사(曹司) 일찍 호협방탕(豪俠放蕩)하여 주사청루(酒肆靑樓)에 다녀 아는 창기(娼妓)많으니, 오늘 놀이에 계집애 없어 가장 무미(無味)하니, 조사 나아가 계집을 데려오리이다."

차시에 제인이 모두 반취(半醉)하였는지라 저마다 기꺼이 왈,

"가이 오입쟁이로다."

우치 하인을 데리고 나는 듯이 남문으로 들어가더니 오래지 아니하여 무수한 계집을 데려다가 장(帳) 밖에 두고, 큰 상을 물리고 또 상을 들이나, 수륙진찬(水陸珍饌)이 성비(盛備)하여 풍악이 진천한 중 우치는,

"이제 계집을 데려 왔으니 각각 하나씩 수청하여 흥을 돋움이 가하

나이다."

하되, 제인이 크게 기뻐하고, 차례로 하나씩 불러 앉히는데, 제인이 각각 계집을 앉히고 보니, 다 제인의 아내더라.

놀랍고 분하나 서로 알까 저어 하며, 아무 말도 못하고 대로하여 모두 상을 물리고 각기 말을 타고 집으로 돌아와 보니, 노복이 혹 발상하고 통곡하며 집안의 소요함이 있어 경괴(驚怪)하여 묻기를,

"부인이 어느 때에 기세(棄世) 하셨느뇨?"

시비가,

"오래지 아니 하나이다."

하거늘, 제인이 경악하며 그 중 김선전이란 자는 집에 돌아오니, 노복이 발상하고 울거늘, 묻고자 하더니 모든 노복이 반겨하며,

"부인이 의복을 마르시더니, 관격(關格)되어 기세하셨더니, 지금 회생하였나이다."

하거늘 김선전이 대로하여,

"어찌 나를 속이려 하느냐?"

하고 분기를 참지 못하여,

"이 몹쓸 처자가 양가문호(良家門戶)를 돌아보지 않고 이런 해참한 일을 하되 전혀 몰랐으니 어찌 통탄치 아니리요."

하며, 분기(忿氣) 돌돌(咄咄)하여 죽어 모르려 하다가, 진위를 알려 하여 들어가 본즉, 부인이 과연 죽었다가 깨었거늘 부인이 일어나 비로소 김선전을 보고,

"내 한 꿈을 꾸니 한곳에 간즉 대연을 배설하고, 모든 선전관이 열좌(列坐)하고 나 같은 노소부인(老少夫人)이 모였는데, 한 사람이 가로되, 기생을 데려 왔다 하니 하나씩 앞에 앉혀 수청케 하는

214

데, 나는 가군이 앞에 앉히기로 묵연히 앉았더니 좌중 제객이 다
불호(不好)하여 노색(怒色)을 띠었더니, 가군이 먼저 일어나며,
제인이 또 각각 흩어지는 바람에 내 꿈을 깨었노라."
하거늘, 김선전이 부인의 말을 듣고 할말이 없는 중 가장 의혹하여,
하루는 동관으로 더불어 즉일 백사장 놀음의 창기 말과, 각각 부인이
혼절(昏絶)하던 일을 진하여,
"이는 반드시 전우치의 요술로 우리들에게 욕보임이라."
하더라.

이 때 함경도(咸鏡道) 가달산(可達山)에 한 도적이 있어 재물을
노략하여 인민을 살해함에 본읍 원이 관군을 발하여 잡으려 하되,
능히 잡지 못하고 나라에 장계(狀啓)하되, 상이 크게 근심하사 조정
에 전지(傳旨)하사 파적지계(破賊之計)를 의논하라 하시니 우치가
상주하기를,
"도둑의 형세 심히 크다 하오니, 신이 홀로 나아가 적세(敵勢)를
보온 후 잡을 묘책(妙策)을 정하리이다."
상이 크게 기빠하사 어주(御酒)를 주시고 인검(釛劍)을 주시며
이르되,
"도적세 호대(浩大)하거든 이 칼로 사졸을 호령하라."
하시니 우치 사은하고 물러나와, 즉시 말에 올라 장졸을 거느리고
여러날 만에 가달산 근처에 다달아 보니, 큰산이 하늘에 닿는 듯하
고, 수목이 총잡(叢雜)하며, 기암괴석(奇岩怪石)이 중중하니 가장
험악한지라. 우치 군사를 산하에 머무르게 하고, 스스로 하사하신
인검을 가지고 몸을 흔들어 변하여 솔개가 되어 가달산을 바라고

가니라.

원래 가달산중 수천명 적당중에 한 괴수(魁首)있으니, 성은 엄(嚴)이요, 명은 준(俊)이라. 용맹이 절륜(絶倫)하고 무예(武藝) 출중(出衆)하더라.

이 때 우치 공중에서 두루 살피더니, 엄준이 엄연히 홍일산(紅日傘)을 받고 천리백총마(千里白總馬)를 타고, 채의홍상(綵衣紅裳) 한 시녀를 좌우에 벌리니 종자 백여명을 거느리고 바야흐로 산 사냥을 하거늘, 우치 자세히 살펴보니 기골이 장대하고, 신장이 팔척이요, 낯빛이 붉고, 눈이 방울 같으며, 수염은 비늘을 묶어 세운 듯 하니, 곧 일대걸물(一代傑物)이더라.

엄준이 추종들을 거느리고 이골 저골로 한바탕 사냥하다가 분부하되

"오늘은 각처 갔던 장수들이 다 올 것이니, 마땅히 소 열필만 잡고 잔치하더라."

하는 소리는 쇠북을 울리는 것 같더라.

잠시 우치 일계를 생각하고 나무잎을 훑어 신병(神兵)을 만들어 창검을 돌리고 기치(旗幟)를 벌려 진(陣)을 이루고 머리에 쌍투구를 쓰고 몸에 황금 쇄자갑(刷子甲)에 황라(黃羅) 전포(戰袍)를 겹쳐 입고 천리백총마(千理白總馬)를 타고 손에 청사랑인도를 들고 짓쳐 들어가니, 성문을 굳게 닫거늘 우치 문을 열리는 진언을 염하니 문이 절로 열리는지라. 들어가며 좌우를 살펴보니, 장려(壯勵)한 집이 두루 벌렸고 사처(四處) 창고에 미곡(米穀)이 가득하며, 차차 전진하여 한곳에 이르니 전각(殿閣)이 웅장하고, 주란화동(朱欄華棟)이 반공에 솟았거늘 우치 이윽히 보다가 몸을 변하여 솔개 되어 들어가

보니 으뜸 도적이 황금교자(黃金轎子)에 높이 앉고, 좌우에 제장
(諸將)을 차례로 앉히고 크게 잔치하며, 그 뒤에 대정(大庭)이 있으
니, 미녀 수백인이 열좌하여 상을 받았거늘, 우치하는 양을 보려하고
진언을 염하니, 무수한 줄이 내려와 모든 장수의 상을 거두어 가지고
중천(中天)에 높이 떠오르며, 광풍(狂風)이 대작하니 눈을 뜨지 못하
고 그러한 운문차일(雲紋遮日)과 수 놓은 병풍이 무너져 공중으로
날아가니 엄준이 정신을 진정치 못하여 뜰 아래 나무 등걸을 붙들
고, 모든 군사 차반을 들고 표풍(漂風)하니 가관이더라.

　우치 한바탕 속이고 이에 바람을 거두며 앗아온 음식을 가지고
산하에 내려와 장졸을 나누어 먹이고, 그 곳에서 자니라.

　이 때 바람이 그치매, 엄준과 제장이 비로소 정신을 차리고 보니,
그렇게 많은 음식이 하나도 없거늘, 엄준이 가장 괴이히 여기더라.

　이튿날 평명에 우치는 다시 산중에 들어가 갑주(甲冑)를 갖추고
문전에 이르러 대호하여,

　"반적(叛賊)은 바삐 나와 내 칼을 받으라."

하니, 수문(守門)한 군사 급히 고하되 엄준이 대경하여 급히 장졸을
거느리고 문밖에 나와 진을 벌리고, 엄준이 휘검출마(揮劍出馬)하여
가로되,

　"너는 어떠한 장수관데 감히 와 싸우고자 하는가?"

　"나는 전교를 받자와 너희를 잡으려 왔으니 내 성명은 전우치로
다."

　"나는 엄준이라. 네 능히 나를 당할까?"

하며 달려드니, 우치는 맞아 싸울새 양인의 재주 신기하여 맹호 밥을
다투는 듯, 청황용(青黃龍)이 여의주(如意珠)를 다투는 듯, 양인의

정신이 씩씩하여 진시(辰時)로부터 사시(巳時)에 이르도록 승부
(勝負) 없으매 양진에서 징을 쳐 군을 거두고 제장이 엄준을 보고
치하하여,

　　"작일 천변(天變)을 만나 마음이 놀랐으되, 오늘 범같은 장수를
　　능적(能敵)하시니, 하늘이 도우심이라. 그러나 적장의 용맹이 절륜
　　하니 가히 경시치 못하리로다."

　　엄준이 대소하며,

　　"적장이 비록 용맹하나 내 어찌 저를 두려워하리오. 명일은 결단코
　　우치를 베이고 바로 경성으로 향하리라."

하고, 이튿날에 진문을 대개(大開)하고 엄준이 대호하여,

　　"전우치는 빨리 나와 내 칼을 받으라, 오늘은 맹세코 너를 버이리
　　라."

하고, 장검출마(裝劍出馬)하여 전우치를 비방하니, 우치 대로하여
말을 내몰아 칼춤 추며 즉취엄준(即取嚴俊)하여 교봉(交鋒) 삼십여
합에 적장의 창이 번개 같은지라. 우치 무예(武藝)로 이기지 못할
줄 알고, 몸을 흔들어 변하여 제몸은 공중에 오르고 거짓 몸이 엄준을
대적할새, 문득 대매(大罵)하여,

　　"내 평생에 생살(生殺)을 아니 하려다가 이제 너를 죽이리라."

하더니, 다시 생각하여,

　　"이 놈을 생금(生擒)하여, 만일 순종하면 죄를 사하여 양민을 만들
　　고, 불연즉 죽여 후환을 없이 하리라."

하고, 공중에 칼을 번득이며,

　　"적장 엄준은 나의 재주를 보라."

하니, 엄준이 대경하여 하늘을 쳐다보니 한 때 구름 속에 우치의 검광

218

(劍光)이 번개같거늘, 대경 실색하여 급히 본진으로 돌아오는데, 앞으로 우치 칼을 들어 길을 막고 또 뒤로 우치가 따르고, 좌우로 칼을 들어 짓쳐오고, 또 머리 위로 우치 말을 타고 춤추며 엄준을 범함이 급한지라. 엄준이 정신이 아득하여 말에서 떨어지니 우치 그제야 구름에서 내려 거짓 우치를 거두고 군사를 호령하여 엄준을 결박하여 본진으로 보내고 적장을 엄살하니 적진 장졸이 잡혀 감을 보고 싸울 뜻이 없어 손을 묶어 사라지려 하거늘, 우치 일인도 상치 아니하고 꾸짖어,

"여등이 도적을 좇아 각읍을 노략하고 백성을 살해하니, 그 죄 비경(非輕)할지나 특별히 죄를 사하노니, 여등은 각각 고향에 돌아가 농업에 힘쓰고 가산을 다스려 양민이 되라."

한데 모든 장졸이 고두사은(叩頭謝恩)하고 행장을 수습하여 일시에 흩어지더라.

우치 엄준의 내실에 들어가니, 녹의 홍상한 시녀와 가인(佳人)이 수백명이라. 각각 제 집으로 보내고, 본진에 돌아와 장대에 높이 앉고 좌우를 호령하여 엄준을 계하에 꿇리고 여성대매(勵聲大罵)하여,

"네 재주와 용맹이 있거든 마땅히 진충보국하여 후세에 이름을 전함이 옳거늘, 감히 역심(逆心)을 품고 산적이 되어 재물을 노략하여 인민을 살해하니, 마땅히 삼족을 멸할지라. 어찌 잠시나 용대(容待)하리오."

하고, 무사를 호령하여 원문 밖에 참(斬)하라 하니, 엄준이 슬피 빌기를,

"소장의 죄상은 만사무석이오나, 장군의 하해(河海) 같으신 덕으로 잔명을 살리시면 마땅히 허물을 고치고 장군의 휘하에 좇으리이

다."

하며, 뉘우치는 눈물이 비오듯 하여 진정이 표면에 드러나거늘, 우치 침음반향(沈吟半餉)에 왈,

"네 실로 회과천선(悔過遷善)하면 죄를 사하리라."

하고, 무사를 분부하여 매인 것을 끄르고 위로한 후 신병을 피하고 첩서(捷書)를 닦아 올린 후, 산채(山砦)를 불지르고 즉시 발행할새, 엄준이 이미 산채를 불지르고, 또 우익(右翼)이 없고 우치의 재주에 항복하여 은혜를 사례하고 고향에 돌아가 양민이 되더라.

우치는 궐하(闕下)에 나아가 복지(伏地)하니, 상이 인견(引見)하시고 파적(破賊)한 설화를 들으시고 칭찬하시며 상을 후히 주시니 우치는 천은을 감축하여 집에 돌아와 모친을 뵈옵고 상사(賞賜)하신 물건을 드리니 부인이 감축하더라.

우치 서울에 돌아온 후 조정 백관이 다 우치를 보고 성공함을 치하하되, 선전관은 한 사람도 온자 없으니, 이는 전일 놀이에 부인들을 욕보인 허물이더라.

우치 짐작하고 다시 속이려 하고 하루는 월색이 조용함을 틈타 오운을 타고 황건역사(黃巾力士)와 이매망량을 다 모으고 신장(神將)을 명하여 모든 선전관을 잡아 오라 하니, 오래지 아니하여 잡아왔거늘, 우치 구름 교의에 높이 앉고 좌우에 신장이 벌이 서서 등촉이 휘황한데 황건역사와 이매망량이 각각 일인씩 잡아 들이거늘, 모든 선전관이 떨며 땅에 엎드려 쳐다보니, 우치 구름 교의에 단좌(端坐)하고 좌우에 신장이 나열하였고, 등촉의 휘황한 중 그 위풍이 늠름하더라.

문득 우치 대갈(大喝)하여,

"내 너희들의 교만한 버릇을 징계(懲戒)하려 하여 전일 너희들의
부인을 잠깐 욕되게 하였으나 극한 죄 없거늘, 어찌 이렇듯 함원
(含怨)하여 아직도 잘난 체하니, 내 너희를 다 잡아 풍도(酆都)
로 보내리라. 내 밤이면 천상 벼슬에 다사하고, 낮이면 국가에 중임
이 있어 지금껏 천연(遷延)하더니, 이제 너희를 잡아 옴은 지옥에
보내어 만모(慢侮)한 죄를 속(贖)하려 함이라."

하고, 역사(力士)로 하여 곧 몰아내라 하니, 모두 청령(聽令)하고
달려들거늘, 우치 다시 분부하기를,

"너희는 이 죄인을 압령(押領)하여 냉옥(冷獄)에 가두고 법왕
(法王)께 주하여 이 죄인들을 지옥에 가두고 팔만겁(八萬劫)이
지나거든 업축(業畜)을 만들어 보내라"

하는지라. 모든 선전관이 경황한 중 차언을 들으니, 혼비백산(魂飛魄
散)하여 빌기를,

"아등이 암매(暗昧)하여 그릇 대죄(大罪)를 범하였사오니, 바라건
대 죄를 사하시면 다시 허물을 고치리이다."

우치가 양구(良久)에,

"내 너희를 풍도로 보내고 누천년(屢千年)이 지나도록 인세(人
世)에 나지 못하게 하렸더니, 전일 안면을 고렴하여 아직 놓아
보내나니, 후일 다시 보아 처치하리라."

하고 모두 내치거늘, 이 때 선전관이 다 깨달으니 한꿈이라.

정신을 진정치 못하여 땀이 흐르고 심혼(心魂)이 요요(搖搖)하더
라.

하루는 선전관이 모두 전일 봉사를 말하니, 다 한결같은 지라, 이러

므로 그 후로는 우치 대접하기를 각별히 하더라.

이 때 상이 호판(戶判)에게 묻기를,

"전일 호조의 은이 변하였다 하니 어찌 된고?"

하니,

"지금껏 변하여 있나이다."

상이 또 창고를 물으시니, 다 '변한대로 있나이다'하거늘 상이 근심하는데 우치가 말하기를,

"신이 원컨대 창고와 어고를 가보옵고 오리이다."

한데, 상이 허하시니, 우치 호판을 따라 호조에 이르러 문을 열고 보니 은이 예와 같거늘, 호판이 대경 하여,

"내가 작일에도 보고 아까도 변함을 보았거늘, 지금은 은으로 보이니 가장 괴이하도다."

하고, 창고에 가 문을 열고 보니 쌀이 여전하고 조금도 변한데가 없거늘 모두 놀라고 신기히 여기더라.

우치 두루 살펴보고 궐내에 들어가 이대로 상달하니, 상이 들이시고 기꺼워하시더라.

이 때에 간의대부(諫議大夫)가 상주하기를,

"호서(湖西) 땅에 사오십 명이 둔취(屯聚)하여 찬역(簒逆)할 일을 의논하여 불구에 기병(起兵)하리라 하고 사자 문서를 가지고 신에게 왔사오니 그 자를 가두고 사연을 주하나이다."

상이 탄하여,

"과인(寡人)이 박덕(薄德)하여 처처에 도적이 일어나니, 어찌 한심치 아니하리오."

하시며, 금부(禁府)와 포청(捕聽)으로 잡으라 하시니, 불구에 적당을

잡았거늘 상이 친국(親鞫)하실새, 그 중 한놈이 아뢰기를

　"선전관 전우치는 주주 과인하기로 신 등이 우치로 임금을 삼아
　민민을 평안하려 하더니, 명천(明天)이 불우(不佑)하사 발각되니
　죄만사무석(罪萬死無惜)이로소이다."

하니, 이 때 우치 문사랑청(門事郎廳)으로 시위(侍衛)하였더니, 불의
에 이름이 역도(逆徒)의 초사에 나는지라, 상이 대로하사,

　"우치 모역함을 짐작하되, 나중을 보려 하였더니, 이제 발각하였으
　니 빨리 잡아 오라."

하시니, 나졸이 수명하고 실시에 따라 들어 관대를 벗기고 옥계하
(玉階下)에 꿇리니, 상이 건로하사 형틀에 올려 매고 수죄(授罪)하
사,

　"네 전일 나라를 속이고 도처마다 장난함도 용서치 못하거늘, 이제
　또 역률에 들었으며 발병하니 어찌 면하리오."

하시고,

　"나졸을 호령하여 한매에 죽이라."

하시니, 적장과 나졸이 힘껏 치나 능히 또 매를 들지 못하고 팔이
아파 치지 못하거늘, 우치 아뢰기를,

　"신의 전일 죄상은 죽어 마땅하나, 금일 일은 만만 애매 하오니
　용서하옵소서."

하니,

　주상이 필경 용서치 아니시더라.

　"신이 이제 죽사올진대 평생에 배운 재주를 세상에 전치못하올지
　라, 지하에 돌아가오나 원혼이 되리니, 복원 성상은 원을 풀게 하옵
　소서."

상이 헤아리시되,

'이 놈이 재주 능하다 하니 시험하여 보리라'

하시고,

"네 무슨 능함이 있기에 이리 보채느뇨?"

하여, 즉시 맨 것을 풀어 주시고 지필을 내리사 원을 풀라하시니, 우치 지필을 받고 곧 산수를 그리니, 천봉만학(千峰萬壑)과 만장폭포 (萬丈瀑布) 산상을 좇아 산 밖으로 흐르게 하고, 시냇가에 버들을 그려 가지 늘어지게 그리고 밑에 안장 지은 나귀를 그리고 붓을 던진 후 사은하매, 상이 묻기를,

"너는 방금 죽일 놈이라. 사은 함은 무슨 뜻이뇨?"

우치 말하기를,

"신이 이제 폐하를 하직하옵고 산림으로 들어 여년을 마치고자 하와 주하나이다."

하고, 나귀 등에 올라 산동구에 들어가니 이윽고 간데없거늘, 상이 대경하여,

"내 이놈의 꾀에 또 속았으니, 이를 어찌 하리오"

하시고, 그 죄인들은 내어 버리라 하시고 친국을 파하시니라. 이 때 우치 조정에 있을 때에 매양 이조판서(吏曹判書) 왕연희(王延喜) 자기를 시기하여 해코자 하더니 이날 친국시에 상께 참소하여 죽이려 하거늘, 몸을 변하여 왕연희가 되어 추종을 거느리고 바로 왕연희 집에 가니, 연희 궐내에서 나오지 않았거늘, 이에 내당이 들어가 있더니, 일몰할 때 왕공이 돌아오매, 부인과 시비 등이 막지기고(莫知其故) 하거늘 우치 말하기를,

"이는 천년된 여우가 변하여 내 얼굴이 되어 왔으니, 이는 변괴

224

(變怪)로다"

하니, 왕연희는,

"어떤 놈이 내 얼굴이 되어 내 집에 있는가?"

하고, 소리를 벽력같이 지르거늘, 우치는 즉시 하리(下吏)를 명하여 냉수(冷水) 한 그릇과 개피 한 사발을 가져 오라 하니, 즉시 가져 왔거늘, 우치 연희를 향하여 한번 뿜고 진언을 염하니 왕연희는 변하여 꼬리 아홉 가진 여우가 되는지라. 노복 등이 그제야 칼과 망치를 가지고 달려들거늘 우치는 만류하여,

"이 일은 우리 집 큰 변괴니 궐내에 들어가 아뢰고 처치하리라."

하고, 아주 단단히 묶어 방중에 가두라 하니, 노복이 네굽을 동여 방에 가두고 숙직하더라.

왕공이 불의지변을 만나 말을 하려 하여도 여우 소리처럼 되고, 정신이 아득하여 기운이 시진하니 그 아무리 할줄 모르고 눈물만 흘리더니, 우치 생각하되,

"사오일만 속이면 목숨이 그칠까."

하며, 치야에 우치가 왕공 가둔 방에 이르러 보니, 사지를 동여 꿇려 졌거늘 우치는,

"연희야, 너와 나와 평일에 원수 없거늘 구태어 나를 해하려 하느냐? 하늘이 죽이려 하시면 죽으려니와, 그렇지 아니하면 죽지 아니하리니, 네 미혹하여 나라에 참소하고 득총(得寵)하려 하기로 나는 너를 칼로 죽여 한을 설할 것이로되, 내 평생에 살생 아니하기로 너를 용서하나니, 일후 만일 어전(御前)에서 나를 향하여 무고한 짓을 하면 그때는 용서하지 않으리라."

하고, 진언을 염하니, 왕연이 의구한지라 연희 벌써 우치인 줄 알고

황겁하여 재배하고,

"전공의 재주는 세상에 없는지라. 내 삼가 교훈을 불망하리이다."

하고, 무수히 사례하더라.

"내 그대를 구하고 가나니, 내 돌아간 후 집안이 소요하리니, 여차
여차하고 있으라"

하고, 우치는 구름에 올라 남쪽으로 가더라.

이런 말을 왕공이 듣고,

"우치의 술법이 세상에 희한하니, 짐짓 사람을 희롱함이요, 살해는
아니하도다."

하고, 즉시 노복을 불러 요정(妖精)을 수색하라 하니 노복 등이 가서
보니 간데없거늘 대경하여 이대로 고하니 공이 양노(佯怒)하여,

"여등이 소홀하여 잃었도다."

하고, 꾸짖어 물리치더라.

이 때에 우치 집에 돌아와 한가히 돌아 다니더니, 한곳에 이르러
보니, 소년들이 한 족자를 가지고 다투어 보며 칭찬하기를,

"이 족자 그림은 천하에 둘도 없는 명화(名畫)라."

하거늘, 우치 그림을 보니 미인도 그리고 아이도 있어 희롱하는 모양
이로되, 입으로 말은 못하나 눈으로 보는 듯하니, 생기(生氣) 유동
(流動)한지라. 모든 소년이 보고 흠앙(欽仰)함을 마지 아니하거늘
우치 한 계교를 생각하고 웃으면서,

"그대들 눈이 높아 그러하거니와 물색(物色)을 모르는도다."

"이 족자 그림이 사람을 보고 웃고 있으니, 이런 명화는 이 천하에
없을까 하노라."

"이 족자 값이 얼마나 하뇨?"

"값인즉 은자(銀子) 오십량이니 그림값은 그림 분수(分數)보담 적다."

"네게도 족자 하나 있으니 그대들은 구경하라."

하고, 소매에서 족자 하나를 내어 놓으니, 모두 보건대 역시 한낱 미인도(美人圖)라.

인물이 가장 아름답고 녹의홍상(綠衣紅裳)을 정제(整齊)하였으니, 옥모화용(玉貌花容)이 짐짓 경국지색(傾國之色)이라. 그 미인이 유마병을 들었으니 가장 신기롭고 묘하더라.

여러 사람이 보고 칭찬하기를,

"이 족자가 더욱 좋으니, 우리 족자 보담 낫도다."

하니 우치는,

"내 족자의 화려함도 사람의 이목(耳目)을 놀래려니와 이중에 한층 더 묘한 것을 구경케 하리라."

하고, 가만이 부르기를,

"주선랑(酒仙娘)은 어디 있느뇨?"

하더니, 문득 족자 속의 미인이 대답하고 나오니 우치는

"미랑(美娘)은 모든 상공께 술을 부어 드리라."

선랑(仙娘)은 즉시 응락하고 벽옥배(碧玉杯)에 청주를 가득 부어 드리니, 우치가 먼저 받아 마시매, 동자(童子) 마침 상을 올리거늘, 안주를 먹은 후에 연하여 차례로 드리니, 제인이 먹은즉 맛이 가장 청렬(淸冽)하더라.

여러 사람들이 각각 일배주를 파한 후 주선랑이 동자를 데리고 상과 술병을 거두어 가지고 족자 그림이 도로 도니 사람들은 크게 놀래어,

"이는 신선이요. 조화(造化)가 아니라. 이 희한한 그림은 천고에
듣지도 못하고 보던 바 없느니라."
하고, 가지기를 마지 않더니, 그 중에 오생(吳生)이란 사람이,
"내 한번 시험하여 보리라."
하고, 우치에게 청하니,
"우리들의 술은 나쁘니, 주선랑을 다시 청하여 한 잔씩 먹게 함이
어떠하뇨?"
"우치 허락하거늘, 오생이 가만히 부르기를,
"주선랑아, 우리들 술이 나쁘니, 더 먹기를 청하노라."
하니, 문득 선랑이 술병을 들고 나오고 동자는 상을 가지고 나오니,
사람들이 자세히 보니 그림이 화하여 사람이 되어 병을 기울여 잔에
가득 부어 드리거늘, 받아 마신즉 향기 입에 가득하고 맛이 기이하더
라.
　사람들은 또 한진씩 마시니 술이 잔뜩 취하더라.
　"우리들은 오늘날 존공(尊公)을 만나 선주(仙酒)를 먹으니 다행하
　거니와, 또한 묘한 일을 많이 보니 신통함이야 어찌 측량하리오."
하자, 그 사람의 말을 들은 우치는,
　"그림의 술을 먹고 어찌 사례하리오."
　"그 족자를 내 가지고자 하오니 팔고자 하는가?"
　"내 가진지 오랜지라, 그러나 정히 욕심을 내는 자 있으면 팔려
하노라."
　"그림 값이 얼마나 되느뇨?"
　"술병이 천상의 주천(酒泉)을 응하였기로 술이 일시도 없지 않아
유주영준하니, 이러므로 극한 보배라 은자 일천량을 받고자 하나

228

오히려 헐하다 하노라.”

“내게 누만금(累萬金)이 있으나, 이런 보배는 처음 보는 바이라 원컨대 형은 내 집에 가 수일만 머무르면 일천금을 주리라”

우치 족자를 거두어 가지고 오생의 집으로 가니, 사람들은 대취하여 각각 흩어지니라.

우치 족자를 오생에게 전하고 말하기를,

“내 명일 돌아올 것이니 값을 준비하여 두라.”

하고, 가 버리더라.

오생이 술에 대취하여 족자를 가지고 내당에 들어가 다시 시험하려 하고 족자를 벽상에 걸고 보니, 선랑이 병을 들고 섰거늘, 생이 가만히 선랑을 불러 술을 청하니, 선랑과 동자 나와 술을 더 권하거늘, 생이 그 고운 태도를 보고 사랑하여 이에 옥수를 이끌어 무릎 위에 앉히고 술을 마신 후 춘정을 이기지 못하여 침석에 나아 가고자 하더니 문득 문을 열고 급히 들어오는 여자가 있었으니, 이는 생의 처 민씨(閔氏)라.

위인이 투기에는 선봉이요, 싸움에는 대장이라, 생이 어거치 못하더니 금일 생이 선랑을 안고 있음을 보고 대로하여 급히 달려 들으니, 선랑이 일어나 족자로 들어가거늘 민씨 더욱 대로하여 따라들어 족자를 갈갈이 찢어 버리니 생이 대경하여 민씨를 꾸짖을 즈음에 우치가 와서 부르거늘, 오생이 나와 맞아 예필후 전후 수말을 자세히 고하니 우치 즉시 몸을 흔들어 거짓 몸은 오생과 수작하고 정몸은 곳 안으로 들어가 민씨를 향하여 진언(眞言)을 염하니 문득 민씨 변하여 대망이 되어 방이 가득하게 하고   가만히 나와 거짓몸을 거두고 정몸을 현출(顯出)하여 오생에게,

"이제 형의 부인이 나의 족자를 없앴으니 값을 어찌 하려 하느뇨?"

하매, 오생은,

"이는 나의 죄라. 어찌 값을 아니 내리요. 마땅히 환을 하여 주시면 즉시 갚으리이다."

우치는,

"그러나 그대 집에 큰 변괴 있으니 들어가 보라."

오생이 경아하여 안방에 들어와 보니 금빛 같이 대망이 두 눈을 움직이며 상 밑에 엎드렸거늘, 생이 대경실색하여 급히 내달으며 우치를 보고 이르기를,

"방중에 흉악한 짐승이 있음에 쳐죽이려 하노라."

"그 요괴를 죽이지는 못하리라. 만일 죽이면 큰 화를 당할 것이니, 내게 한 부적이 있으니 그 부적을 허리에 붙이면 금야에 자연 사라 지리라."

하고, 소매 속의 부적을 내어 가지고 안방에 들어가 대망의 허리에 붙이고 나와서 오생에게,

"이곳에 경문(經文) 외우는 자 있느뇨?"

생이 말하기를,

"이곳에는 없나이다."

"그러면 방문을 열고 보지 말라."

당부하고, 즉시 거짓 민씨 하나를 만들어 내당에 두고 돌아가니라.

생이 우치를 보내고 내당에 들어오니 민씨 금침에 싸여 누웠거늘,

"우리 집의 여러 천년 묵은 요괴가 그대 얼굴이 되어 외당에 나와 신선의 족자를 찢어 버리므로 아까 그 신선이 대망이 스스로 녹을

부적을 허리에 매고 갔으니 족자 값을 어찌하리오."
하고 근심하더라.

　이튿날 우치가 돌아와서 방문을 열고 보니 민씨는 그대로 대망으로
있거늘, 우치는 대망을 꾸짖기를,

　"네 가군을 업수이 여겨 요악을 힘써 남의 족자를 찢고 또 나를
　수욕(羞辱) 한 죄로 금사망(金絲網)을 씌워 여러해 고초를 겪게
　하렸더니, 이제 만일 전과(前過)를 고쳐 회과천선(悔過遷善)할진
　대 이 허물을 벗기려니와, 불연 즉 그저 안두리라."
하니, 민씨는 고두사죄하거늘, 우치 진언을 염하니 금사망이 절로
벗어지거늘, 민씨는 절을 하며,

　"선관의 가르치심을 들어 회과하오리이다."
　우치 내당에 있는 민씨를 거두고 구름에 올라 돌아오더라.

　하루는 양봉환(梁奉煥)이란 선비가 있어 어려서 한가지로 글을
배웠더니, 우치 찾아가니 병들어 누웠거늘, 우치 경문(驚問)하거늘,

　"그대 병이 이렇듯 중요한데 어찌 늦게야 알렸느뇨?"
　양생은,

　"때로는 심통이 아프고 정신이 혼미하여 식음(食飲)을 전폐(全
廢)한지 이미 오래니 살지 못할까 하노라."

　"이 병세 사람을 생각하여 났도다."
　"과연 그러하니라."
　"어떤 가인(佳人)을 생각하느뇨? 나는 연장 사십에 여색에 뜻이
없노라."

　"남문(南門) 안 현동(玄洞) 사는 정씨(鄭氏)라는 여자 있으니,

일찍 과거(寡居)하여 다만 시모(媤母)를 모시고 사는데 인물이 절색이라. 마침 그 집 문 사이로 보고 돌아온 후 상사(相思)하여 병이 되매 아마도 살아나지 못할까 하노라."

"말 잘하는 매파(媒婆)를 보내어 통혼(通婚)하라."

"그 여자 절개 송죽(松竹)같으니, 마침내 성사치 못하고 속절없이 은자 수백냥만 허비하였노라."

"내 형장(兄丈)을 위하여 그 여자를 데려 오리라."

"형의 재주 유여하나 부질없는 헛 수고만 하리로다."

"그 여자 춘광(春光)이 얼마나 되느뇨?"

"이십 삼세로다."

"형은 방심하고 나의 돌아오기만 기다리라."

하고, 구름을 타고 나아가 버리더라.

차설 정씨 일찍 과거하고 홀로 세월을 보내며 슬픈 심회를 생각하고 죽고자 하나 임의치 못하고, 위로 노모를 모시고 다른 동기없이 모녀 서로 의지하며 세월을 보내더라.

하루는 정씨 심신이 산란하여 방중에서 배회하더니 구름속으로 일위(一位) 선관(仙官)이 내려와 낭성(娘姓)을 불러 왈,

"주인 정씨는 빨리 나와 남두성(南斗星)의 명을 받으라."

정씨 이 말을 듣고 모친께 고하니, 부인이 또한 놀라 뜰에 내려 복지하고 정씨 역시 복지한데, 선관이 말하기를,

"선랑은 천명을 순수(順受)하여 천상(天上) 요지(瑤池) 반도연(蟠桃宴)에 참여하여라."

정씨는 이 말에 크게 놀래어,

"첩은 인간 더러운 몸이요. 또한 죄인이라 어찌 천상에 올라가

옥제 좌하에 참예하리까?

선관은

"최선랑은 인간의 더러운 물을 먹어 천상의 일을 잊었도다."

하고, 소매에서 호로(葫蘆)를 내어 향온(香醞)을 가득 부어 동자로 하여금 권하니, 정씨 받아 마심에 정신이 혼미하여 인사를 모르거늘, 선관이 정씨를 한번 가르침에 문득 채운(彩雲)으로 오르는지라.

이 때 강림도령(降臨道令)이 모든 거지를 데리고 저자거리로 다니며 양식을 빌더니, 홀연 채운이 동남으로 지내며 향취 옹비하거늘, 강림이 밀어 보고 한 번 구름을 가리키니 운문(雲門)이 열리며 일위 미인이 땅에 떨어지거늘 우치 대경하여 급히 좌우를 살펴보니 아무도 법술(法術)을 행하는 자 없거늘, 우치 괴이히 여겨 다시 행술(行術)하려 하더니, 문득 한 거지 내달아 꾸짖어 왈,

"필부 전우치는 들어라. 네 요술로 나라를 속이니, 그 죄 크되, 다만 착한 일하는 방편을 행하므로 무사함을 얻었거니와, 이제 흉악한 심장으로 절부(節婦)를 훼절(毀節)코자 하니, 어찌 명천(明天)이 버려 두시리요. 이러므로 하늘이 나를 내리사 너 같은 요물을 없애게 하심이니라."

우치 대로하여 보검을 빼어 치려 하더니 그 칼이 변하여 큰 범이 되어 도리어 저를 해하려 하거늘, 우치 몸을 피하고자 하더니, 문득 발이 땅에 붙어 움직이지 못할지라. 급히 변신(變身)코자 하니, 법술이 행치 못하거늘, 대경하여 그 아이를 보니, 비록 의복은 남루하나 도법이 높을 줄 알고 몸을 굴하여 빌어 왈,

"소생이 눈이 있으나 망울이 없어 선생을 몰라 본 죄 만사무석(萬事無惜)이오나, 고당(高堂)에 노모 계시되, 권세 잡고 감열

있는 자 너무 백성을 못 살게 굴기로 부득이 나라를 속임이요 또
정를 훼절하려 함이니, 원컨대 선생은 죄를 사하시고 전술을 가르
쳐 주소서."

강림 왈,

"그대 이르지 아니해도 내 벌써 아나니 국운이 불행하여 그대 같은
요술이 세상에 작난하니 소당은 그대를 죽여 후폐(後弊)를 없이
하겠으나, 그대의 노모를 위하여 특별히 일명을 살리노니, 이제
정씨를 데려다가 빨리 제집에 두고 병든 양가에게는 정씨 대신으로
할 사람이 있으니, 이는 조실부모 혈혈무의(孑孑無依)하나 마음이
어질고 성품이 유순할 뿐더러 또한 성이 정씨요, 연기 이십 삼세
라. 만일 내 말을 어기면 그대의 몸이 대화를 면치 못하리라."

우치 사례하여 가로되,

"선생의 고성대명(高姓大名)을 알고자 하노라."

기인이 답하되,

"나는 강림도령이라. 세상을 희롱코자하여 거리로 빌어먹고 다니노
라."

우치 가로되,

"선생의 가르치심을 삼가 봉행하리이다."

강림이 요술 내던 법을 풀어내니, 우치 백배 사례하고 정씨를 구름
에 싸가지고, 본집에 가 공중에 그 시모를 불러 왈,

"아까 옥경(玉京)에 올라가니, 옥제 가라사대 '정선랑의 죄 아직
남았으니 도로 인간에 내 보내어 여액(餘厄)을 다 겪은 후에 데려
오라'하심에 도로 데려 왔노라."

하고, 소매에서 향온을 내어 정씨의 입에다 넣으니, 이윽고 깨어 정신

234

차리거늘 시모 정씨에게 선관의 하던 말을 이르고 신기히 여기더라.

이 때 우치 강림도령에게 돌아와 그 여자 있는 곳을 물으니 강림이 낭중(囊中)으로 환형단(換形丹)을 내어 주며 그 집을 가리키거늘 우치 하직하고 정씨를 찾아 가니 그 집이 일간초옥(一間草屋)이요, 풍우(風雨)를 가리지 못하더라.

이에 들어가 보니, 한 여자 시름을 띠고 홀로 앉았거늘, 우치 나아가 달래 말하기를,

"낭자의 고단하신 말씀은 내 이미 알았거니와 이제 청춘 삼칠(三七)을 지낸지 오래되 취혼(取婚)치 못하고 외로운 형상이 가긍한지라. 내 낭자를 위하여 중매하리라."

하고, 환영단을 먹인 후 진언을 염하니, 정과부의 모양과 일호(一毫) 차착(差着)없이 되는지라, 우치 왈,

"양생이란 사람이 있는데, 인물이 가장 아름답고 가산도 부유하나, 정과부의 재색을 사모하여 병이 들었으니, 낭자 한번 가이리이리 하라."

하고, 즉시 보로 씌워 구름 타고 양생의 집에 이르니, 우치 거짓 정씨를 외당에 두고 내당에 들어가 양생을 보니 생이 물어 가로되,

"정씨의 일이 어찌 된고?"

우치 왈,

"정씨의 행실이 병설같기로 일인을 못하고 왔노라.

생이 말하되,

"이제는 속절없이 죽을 따름이로다."

하고, 탄심함을 마지 아니하니, 우치 갖가지로 조롱하여 왈,

"내 이제 가서 정씨보다 백배 나은 여자를 데려 왔으니 보라"

한데 양생 왈,

"내 미인을 많이 보았으되, 정씨 같은 상은 없나니 형은 농담 말라."

우치 왈,

"내 어찌 희롱하리오. 지금 외당에 있으니 보라."

양생이 겨우 몸을 일어 외당에 나와보니 적절한 정씨어늘 반가움을 측량치 못하되 우치 왈,

"내 진심갈력(盡心竭力)하여 낭자를 데려 왔으니 가사를 선치(善治)하고 잘 살라."

하니, 양생이 백배 사례하더라. 우치 양생과 이별하고 돌아 가더라.

선시(先時)에 야계산(耶溪山)중에 도사(道師) 있으니 도학이 높고 마음이 청정(淸浄)하여 세상 명리를 구치 아니하며, 다만 박전(薄田) 다섯 이랑과 화원(花園) 십간으로 세월을 보내어 이곳 지상선(地上仙)이라. 성호(性號)는 서화담(徐花潭)이니 나이 오십오세에 얼굴이 연화(蓮花)같고 양안(兩眼)은 추수(秋水)같고 정색을 돌올(突兀)하더라.

우치 서화담의 도학이 높음을 알고 찾아가니, 화담이 맞아 가로되,

"내 한번 찾고자 하더니, 누사(陋舍)에 왕림하시니 만행이로다."

우치 일러 칭사하고 한담하더니, 문득 보니 일위 선생이 들어와 가로되,

"좌상에 존객이 뉘시뇨?"

화담 왈,

"전공(田公)이라."

하고, 우치더러 말하기를,

"이는 내 아우 용담(龍潭)이로다."

우치 용담을 보니 이목이 청수하고 골격이 비상한지라, 용담이 우치더러 말하되,

"선생의 높은 술법을 들은지 오래더니, 오늘날 만나보니 행이 어니 와 청컨대 술법을 한번 구경코자 하노니 아끼지 말라."

하고, 구구히 간청하거늘, 우치 한번 시험코자 하여 진언을 염하니 용담의 쓴 관이 변하여 쇠머리 되거늘 용담이 노하여 또 진언을 염하 니, 우치의 쓴관이 변하여 범의 머리 되는지라 우치 또 진언을 염하 니, 용담의 관이 변하여 백룡되어 공중에 올라 안개를 피우거늘, 용담 이 또 진언을 염하니, 우치의 관이 변하여 청룡이 되어, 구름을 헤치 고 안개를 발하여 양룡이 서로 싸워 청룡이 백룡을 이기지 못하고 동남으로 달아나거늘, 화담이 비로소 웃고,

"전공이 내 집에 오셨다가 이렇듯 하니 네 어찌 무례치 않으리요."

하고, 책상에 있는 연적을 한번 공중에 던지니, 연적이 변하여 일도금 광(一道金光)이 되어 하늘에 퍼지니, 양룡이 문득 본관이 되어 땅에 떨어지는지라, 양인이 각각 거두어 쓰고, 우치 화담을 향하여 사례하 고 인하여 구름 타고 돌아 오니라.

화담이 우치를 보내고 용담을 꾸짖어 말하되,

"너는 청룡을 내니 청(靑)은 목(木)이요, 백(白)은 금(金)이니, 오행(五行)에 금극목(金克木)이라 목이 어찌 금을 이기리오. 또 내 집에 온 손이라. 부질없이 해코자 하느뇨?"

용담이 다만 칭사하고 가장 노하여 우치를 미워하는 뜻이 있더라.

우치 집에 돌아온지 삼일만에 또 화담을 찾아가니, 화담이 가로

되,

"그대에게 청할 말이 있으니 쫓을소냐?"

우치가,

"듣기를 원하나이다."

하자, 화담은 가로되,

"남해(南海) 중에 큰 산이 있으니 이름은 화산(華山)이오. 그 산중
에 도인(道人)이 있으되, 도호(道號)는 운수선생(雲水先生)이라
내 젊어서 글을 배웠더니, 그 선생이 여러번 서신으로 물었으나,
회서(回書)를 못하였더니 전공을 마침 만났으니, 그대 한번 다녀옴
이 어떠하뇨?"

우치 허락하거늘, 화담 왈,

"화산은 해중에 있는 산이라, 수이 다녀 오지 못할까 하노라."

우치 가로되,

"소생이 비록 재주 없사오나 순식간에 다녀오리이다."

화담이 믿지 아니하거늘, 우치 미심에 업수이 여기는가 하여 노하
여,

"생이 만일 못 다녀오면 이곳에서 죽고 살아 나지 않으리다."

화담이 말하되,

"연즉 가려니와 행여 실수할까 하노라."

하며, 즉시 글을 닦아 주거늘, 우치 즉시 받아 가지고 해동청(海東
靑) 보라매 되어 공중에 올라 화산으로 가더니, 해중에 이르렀는데
난데없이 그물이 앞을 가리었거늘, 우치 높이 떠 넘고자 하니 그물이
따라 높이 막았는지라. 또 넘으려 하되, 그물이 하늘에 닿았고, 아래
로 해중을 연하여 좌우로 하늘을 펴 있으니 갈길이 없어 십여일 애쓰

다가 할 수 없어 돌아와 화담을 보고 웃으며,

"화산을 거의 다 가서 그물이 하늘에 연하여 갈길이 없삽기로 모기되어 그물 틈으로 나가려 한즉 거미줄이 첩첩하여 나가지 못하고 왔나이다."

하자, 화담이 웃어 말하기를,

"그리 큰 말을 하고 가더니, 다녀오지 못하였으니, 이제는 산문(山門)을 나가지 못하리로다."

우치 환겁하여 닫고자 하더니, 화담이 벌써 알고 속이려 하는 지라 우치 착급하여 해동청이 되어 달아나니, 화담이 수리되어 따를새, 우치 또 변하여 갈 범 되어 닫더니, 다음 화담이 변하여 청사자(靑獅子) 되어 물어 엎지르고 가로되,

"네 여러 가지 술법을 가지고 반드시 옳은 일을 위하여 행하니 기특하나, 사특(邪慝)함은 마침내 정대함이 아니오, 재조는 반드시 웃길이 있나니, 오래 이로써 세상에 다니면 필경 파칙(叵測)한 화를 입을지라. 일즉 광명(光明)한 세상에 돌아와 정대한 도리를 강구함이 옳지 아니하뇨? 내 이제 태백산(太白山)에 대종신리(大倧神理)를 밝히려 하오니 그대 또한 나를 좇음이 좋을까 하노라."

우치 말하되,

"가르치시는대로 하리이다."

화담이 인하여 각각 집에 돌아와 약간 가사를 분별한 후 우치 화담을 모시고 태백산 배달 밑에 청사를 얽고 임검(壬儉)으로부터 오는 큰 이치를 강구하여 보배로운 글을 많이 지어 석실(石室)에 감추니, 그 후일은 세상 사람이 아지 못하나, 일찍 강원도사는 양봉래라는

사람이 단군(檀君) 성적(聖跡)을 뵈오려 하여 태백산에 들어갔다가
화담과 우치 두분을 보고 돌아 올새, 두 분이 이르되,

  "우리는 이리이리하여 이곳에 들어와 있거니와, 그대를 보니 잠시
  언행(言行)이 유심한산(有心閑散)한 줄 알지라. 내 전할 것이 있노
  니 삼가 받들라."

하고, 비서(祕書) 몇 권을 주니, 봉래 받아가지고 나와 정성으로 공부
하여 그 오묘한 뜻을 통하고, 가만한 가운데 도통(道統)을 전하니,
한 두 가지 드러나는 일이 있으나, 세상이 다만 신선(神仙)의 도로
알고, 봉래 또한 밝은 빛이 드러날 때를 기다릴 뿐이요. 화담과 우치
두 분이 태백 산 중에서도 닦으시는 일만 세상에 전하더라.

판권
사유
판본
소유

금오신화

2022년 3월 20일 재판
2022년 3월 30일 발행

엮은이 | 편　집　부
펴낸이 | 최　원　준

펴낸곳 | 태 을 출 판 사
서울특별시 중구 다산로 38길 59 (동아빌딩내)
등　록 | 1973. 1. 10 (제1-10호)

■ 주문 및 연락처
우편번호 ０４５８４
서울특별시 중구 다산로 38길 59 (동아빌딩내)
전화 : (02) 2237-5577　팩스 : (02) 2233-6166

ISBN 978-89-493-0665-0　　03810